中华先锋人物
故事汇

邹碧华

邹碧华
敢啃硬骨头的法官

ZOU BIHUA
GAN KEN YINGGUTOU DE FAGUAN

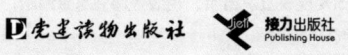

鞠 慧 著

党建读物出版社　接力出版社

图书在版编目（CIP）数据

邹碧华：敢啃硬骨头的法官／鞠慧著．—南宁：接力出版社；北京：党建读物出版社，2023.8
（中华人物故事汇．中华先锋人物故事汇）
ISBN 978-7-5448-8219-4

Ⅰ.①邹⋯ Ⅱ.①鞠⋯ Ⅲ.①传记小说－中国－当代 Ⅳ.①I247.5

中国国家版本馆CIP数据核字（2023）第129080号

邹碧华——敢啃硬骨头的法官
鞠 慧 著

责任编辑：李雅宁 刘海湘 刘蓉慧
文字编辑：肖 贵
责任校对：阮 萍 刘会乔
装帧设计：严 冬 美术编辑：高春雷
出版发行：党建读物出版社 接力出版社
地　　址：北京市西城区西长安街80号东楼（邮编：100815）
　　　　　广西南宁市园湖南路9号（邮编：530022）
网　　址：http://www.djcb71.com　http://www.jielibj.com
电　　话：010-65547970/7621
经　　销：新华书店
印　　刷：北京科信印刷有限公司
2023年8月第1版　　2023年8月第1次印刷
787毫米×1092毫米 32开本　5印张　73千字
印数：00 001—10 000册　定价：25.00元

版权所有 侵权必究

质量服务承诺：如发现缺页、错页、倒装等印装质量问题，可直接联系本社调换。
服务电话：010-65545440

目 录

写给小读者的话 …………… 1

这娃够调皮的 …………… 1

乡间的童年生活 …………… 5

"调皮大王"又闯祸了 ……… 15

神秘的园子 …………… 23

"S"是蚯蚓 …………… 29

梦醒时分 …………… 35

"钻"进了书库 …………… 41

"飞人"梦 …………… 47

这娃是个好苗子 …………… 53

围棋、哑剧与编导·········59

团支书与"调皮大王"·········67

不一样的北大·········75

相约北京·········81

从北京到上海·········87

第一次开庭·········93

有目标就快乐·········99

又不是纸糊的·········105

他为什么总是面壁·········111

我是你哥呀·········119

再聚燕园·········125

司法改革的"燃灯者"·········131

追逐理想·········139

狮子山的呼唤·········145

写给小读者的话

"我叫邹碧华,'邹'是'邹韬奋'的'邹','碧'是'碧绿'的'碧','华'是'中华'的'华'。就是把中华装扮得碧绿碧绿的。"

这是邹碧华对自己名字的介绍。

邹碧华是一位了不起的法官,是我国司法改革的先行者和"燃灯者"。

不过,他小时候却是一个十足的调皮大王。他的童年是在乡间外婆家度过的,每一天都有玩不完的把戏。

他经常闯祸。有一次,他舞红缨枪,不小心把米缸打破了,米撒了一地,一群鸡鸭跑过来,边吃边拉屎。外婆气得要打邹碧华,他吓得跑上山路,要去找远在镇上粮站工作的妈妈，走着走着，他又玩了起来……

他玩心太重，学习的账欠了一堆，英语老师问他"S"是什么，他竟然说"是蚯蚓"。考完试，他的成绩总是排在后几位。爸爸妈妈着急得不行，劝邹碧华把精力放到学习上，但他只觉得学习非常痛苦。

后来，他开始接受爸爸妈妈的话，好像从梦中惊醒一般，他发誓要好好学习。

他开始觉得一节课变短了，书上的知识好像从仇人变成了好朋友；他想读更多书，几乎把书库里的文学名著全读了一遍……

经过努力，他考上了北京大学。

毕业后，他进入上海市高级人民法院工作。

工作中，他保持着一贯的努力、执着与拼搏。

第一次参加开庭，他需要记录原告和被告说了什么，由于听不懂上海话，他大受打击。他开始努力学上海话，短短半年就能说一口流利的上海话。

他把档案室里的卷宗借过来逐一细读、思考，有启发的地方他甚至抄了厚厚一大本……

对他来说，有目标就快乐。他乐在其中，一心一意去做，做到最好，且不觉得累。

二〇一四年六月，上海被中央确定为全国首批司法体制改革试点地区之一。作为上海市司法改革领导小组办公室主任的邹碧华，肩上的担子非常沉重。司法改革困难重重，有太多的硬骨头需要啃，但邹碧华不计毁誉，敢于担当，坚定信念，带领团队，将改革"一点儿一点儿往前拱"。

二〇一四年十二月十日下午，邹碧华要到徐汇区人民法院调研，不幸的是，他在路途中突发心脏病，因公殉职，生命永远定格在了司法改革的路上……

邹碧华曾说："当你处于黑暗之中，看见一支蜡烛点亮，你会有什么感受？你会感觉到温暖，感觉到光明。为什么我们自己不能成为那根蜡烛，照亮别人的同时，照亮我们自己？"

他自己就是一个散发着光和热的"燃灯者"。

那么，关于他的故事，就让我们从他出生的那个冬天开始说起吧，从那个调皮地冲医生撒了一泡尿的娃娃说起……

这娃够调皮的

邹碧华出生在一个大雪天。雪花在天地间翩翩起舞，放眼望去，目光所及，一片洁白。即将生产的许贻菊，望着门外如白蝴蝶一样飞舞的大片雪花，一时拿不定主意，是现在就起身回十几里地外的娘家，还是等待雪停了再出发。

她的预产期马上就要到了。在江西奉新县城文化馆工作的丈夫出差去了北京，家里只剩下许贻菊一个人。

想到丈夫邹连德，许贻菊的脸上现出了幸福的红晕。两人相识时，邹连德在县电影队放电影，电影院门前贴的绘画海报，都出自他之手。邹连德喜欢许贻菊的活泼大方，许贻菊则被帅气、有才华又老实本分的邹连德吸引。相近的家庭背景，让两个年轻人走到了一起。

许贻菊自幼丧父，与聋哑母亲相依为命。母亲虽不能说话，却是十里八乡远近闻名的裁缝。每到年节，或哪家有婚嫁喜事，都会有乡亲来请母亲去帮忙。母亲靠做针线活儿挣来的钱，勉强维持着娘儿俩的生活。

母亲要来县城给许贻菊伺候月子，可家里房子只有十几平方米，哪里住得下？许贻菊和丈夫邹连德商量好了，预产期快到的时候，她就回娘家待产。

可谁知接连几天了，雪一直不紧不慢地下着，半点儿都没停下来的意思。谁知道大雪什么时候能停呢？不能再等了，许贻菊决定冒着大雪出门去。

衣服还没收拾完，许贻菊的肚子就隐隐痛起来。许贻菊连忙披上棉大衣，双手轻轻地抚在肚子上，忍痛走出家门，深一脚浅一脚地往医院走。路上，一阵剧烈的疼痛过后，她的羊水破了。

行人发现了许贻菊，搀扶着她慢慢走到了医院。

值班医生赶紧拽过来一辆平板车，让许贻菊躺上去，然后推着车子就往产房跑。

当天中午十二点，许贻菊顺利产下一个男婴。

"哎呀！"正在给男婴包扎脐带的医生突然大声惊叫起来。

众人以为发生了什么事，都一齐扭头朝医生看过去。

"这娃够调皮的！"医生一边抹着脸，一边哈哈大笑着说。

原来，刚出生的宝宝一边大声哭着，一边冲正低头给他包扎脐带的医生脸上撒了一泡尿。

听着儿子响亮的哭声，许贻菊幸福的泪水忍不住涌出眼眶。许贻菊亲了亲儿子红扑扑的小脸，在心里想着，日后一定让儿子好好读书，不要像自己一样，只读完了小学。

十八天后，去北京出差的邹连德才回到奉新县城。来不及放下手里的行李，他一把抱过儿子，忍不住亲了又亲。

"给孩子起个啥名字呢？"许贻菊望着丈夫和儿子，心中无比甜蜜。

"叫碧华吧,你觉得咋样?"邹连德微笑着问妻子。

许贻菊点了点头,笑着把儿子尿到医生脸上的糗事告诉了丈夫。

"这娃,确实够调皮的!"邹连德轻轻拍拍儿子的小脑袋,忍不住哈哈大笑起来。

乡间的童年生活

邹碧华在爸爸妈妈的爱护下，健康快乐地成长。

妈妈许贻菊起初在距离县城比较远的一个乡镇粮站工作，每个月休假时，才回到县城家里。虽然只有小学文化水平，但她算盘打得又快又准，粮站就让她做会计工作。

年幼的邹碧华，大部分时候跟着爸爸在县城里生活。后来，妈妈被调到离乡下外婆家比较近的罗塘公社粮店。为了能更好地照顾邹碧华，爸爸妈妈决定把他送到外婆家。

外婆、叔公、舅舅、舅妈、表哥、表姐都很喜欢小碧华，一有时间就陪他玩。

在外婆家，小碧华认识了鸡、鸭、鹅、猪、牛、羊，认识了樟树、榕树、桂花、竹子、藤萝、映山红、栀子等树木花草。村边的青山，村前的小河，被脚板磨得明亮光滑的石板小桥，田地里的玉米、水稻、甘蔗等农作物，都让小碧华体验到乡村生活的自由快乐。

只要不加班，妈妈晚上就回到外婆家来。妈妈帮外婆担水、洗菜、做饭、打扫卫生，忙碌的间隙，看一眼儿子，她心里就像喝了一大口蜂蜜那样甜。

正在玩耍的小碧华，抬头看见妈妈，便奶声奶气地叫着"妈妈"，张开小手，撒娇让妈妈抱。

小碧华最喜欢听妈妈唱花鼓戏。每当他哭闹的时候，只要妈妈唱"手拿碟儿敲起来，小曲好唱口难开"，小碧华就会停止哭闹，一双明亮的黑眼睛盯着妈妈的嘴巴。一曲唱完，尚不太会说话的小碧华就用小手指指妈妈的嘴巴，示意妈妈接着唱，一遍又一遍。

爸爸每次来外婆家，也都会住上几天。除了陪小碧华玩耍，爸爸还帮外婆插秧、运肥，修理家中出了问题的家什。爸爸手巧,家里的篮子、小板凳、晾衣架等小物件都是爸爸自己做的。家里的椅子、窗户、自行车等东西坏了,也是爸爸亲自动手修好的。

爸爸时常带小碧华到山上去玩,指给他看各种植物、动物,告诉他各种植物叶子的形状、颜色,给他讲各种小动物的习性,带他去寻找它们的家。

大尾巴的小松鼠、像球一样圆滚滚的小刺猬、咕咚一声跳进河水中的绿背青蛙、成群结队搬运食物的小蚂蚁……深深印在小碧华的心中。

爸爸还会在外婆家的墙边支起画架,画出一幅又一幅美丽的画。高大健壮的爸爸手拿画笔,时而挥笔在画布上急速描画,时而又退后两步,端详着画布上的线条。

小碧华还不能明白爸爸在做什么,他看一会儿爸爸,再看看画布上不断变化的线条、图案,有时也会低头玩一会儿手里的玩具——妈妈用碎花布缝的小兔子和外婆做的摇铃。

小兔子有两只尖尖的长耳朵,小碧华喜欢用小手抓着兔子的大耳朵玩。兔子的眼睛是两颗黑色纽扣，嘴巴是线缝的一弯月牙儿，妈妈还用红线在兔子的两颊绣上了两片淡淡的腮红。

摇铃是外婆用一只空药瓶做成的。细细的瓶身，正适合小碧华的小手抓握。外婆在瓶中放了几粒豆子，把盖子拧紧。小碧华用力摇晃，瓶子里的豆子互相碰撞，就发出了哗啦哗啦的脆响。

相比这两件喜欢的玩具，小碧华更爱看爸爸画画。

爸爸手上那支笔可真神奇，洁白的画布上，出现了高山、河流、绿树、红花，出现了从土里刨食的小鸡、在天空飞翔的小鸟、在水里游动的鱼虾……

小碧华很是好奇，他喜欢的这些动物和植物是怎样跑到画布上的。看爸爸画画的时候，小碧华不哭也不闹，就那么安静地待在离爸爸不远处的婴儿车里，眨巴着一双黑亮的眼睛。

爸爸妈妈各自忙工作的时候，小碧华就由外婆照管。

外婆总有忙不完的活计，到山上砍柴，去田里耕种收割，回到家还要喂猪喂鸡喂鸭，做饭洗衣。遇到有嫁娶的人家来请，外婆就挑上担子，带着小碧华一起去帮人家做针线活儿。外婆的两只箩筐里，一头担着针线用具，另一头放着小碧华。

外婆脚小，山路又难走，遇到路途远的人家，他们一走就是大半天。

小碧华大多数时候不哭也不闹。外婆不能像爸爸妈妈那样跟他交流，教他认各种植物、动物。缺少声音的漫长路途，对一个年幼的孩子来说，确实无趣。但外面的世界，总是有这样或者那样的新奇事吸引着他，一棵之前没见过的树、一朵刚刚绽放的小花、一声虫鸣，都让年幼的小碧华惊奇不已。

走累了，外婆就放下担子，到树林里寻野果。外婆把摘来的野果在衣襟上擦擦，放进小碧华的小手里。在摇篮一样的箩筐中，小碧华吃得满脸满手都是果汁。小碧华吃完了，外婆找一处溪水，从箩筐里抱出他，把他的小手小脸洗干净。外婆再捧起溪水喝几口，然后把小碧华抱进箩筐，继续赶路。

外婆肩上的担子晃悠着，像一个摇篮，把小碧华摇困了。他打个哈欠，用小手揉揉眼睛，身子在箩筐中慢慢矮下去。枕着粗布包被，小碧华进入了甜甜的梦乡。

外婆虽然不能说话，但有她在身边，小碧华就感到安全，感到温暖。

一年又一年，在大自然的怀抱中，在爸爸妈妈和外婆的关爱呵护下，小碧华慢慢长大，长成了一个能上山、会爬树、能下河、会捉鱼的风一样的小男孩。

小碧华的两个舅舅只比他大几岁，妈妈的堂妹也只比他大两岁，他还有几个表哥表姐，他们凑到一起，就有玩不完的各种小把戏。

为了捉鱼，他们在小河沟上垒土坝，衣服上、身上糊满了泥巴。天气热的时候，衣服容易干，不影响小碧华继续玩，但天一冷就很麻烦。

有一年冬天，小碧华身上的棉衣湿了，又没有别的衣服可换，外婆只好把小碧华的衣服脱下来，把他塞进被窝。

小伙伴们围在门口，喊小碧华出去玩。

小碧华急得在被窝里滚来滚去，可没有衣服穿怎么出去？直到外婆在火盆上把棉衣烤干，小碧华才急忙跳下床，几下子将衣裤套在身上，鞋子还没提上呢，人就跟小伙伴一起跑没了影。

到山上疯跑、爬树，衣服撕上几个大口子，是常有的事。外婆边帮他缝补衣服，边用手势、眼神数落小碧华。外婆的手势和眼神小碧华都懂得，他点头应着，告诉外婆他记着了，可一旦离开外婆身边，小碧华的顽皮劲儿就又忍不住冒了出来。

有一次小碧华跟妈妈的堂妹去河边玩耍，他看到水中有一株好看的水草，就想折了来玩。小碧华站在河边，朝那株水草伸长了手臂，脚往前挪挪，够不到，再挪挪，还差一只拳头那么大一截。小碧华想把脚再往前挪一点点，可脚下一滑，一下失去重心，他一头跌进河里，瞬间没了踪影。

只比小碧华大两岁的小姨妈吓哭了，边哭边往家跑。等小姨妈从家里喊来了大人，小碧华早已被救了上来。

原来，正在不远处摘菜的舅舅，看到了正努力朝河中伸着胳膊的小碧华，他想出言阻止却已经晚了。看到小碧华一落水，舅舅立马飞奔过来，跳下河把他抱了上来。

躺在岸上的小碧华双眼紧闭,一动不动。

一位邻居牵来一头牛,他们把小碧华放在牛背上,赶着牛在岸边来回跑。

泪流满面的外婆,颠着一双小脚,跟在牛的后边跑。别人打手势劝她别跑了,可外婆双手死死抓住勒牛的缰绳,继续跌跌撞撞地跑。外婆还不时抬起胳膊,抹一下脸上的泪。

终于,小碧华的嘴巴里有河水慢慢淌出来。

恰巧回家来的妈妈跑到河边,一把抱住刚刚醒过来的小碧华,失声痛哭。脱下儿子浸透了河水的棉衣,妈妈解开自己的外套,把儿子紧紧抱在了怀里。

妈妈常跟小碧华说:"碧华,在家要听外婆的话,不要总是到处疯跑哟。"

懂事的小碧华点点头,说:"妈妈,我知道啦。"

从还没学会走路,小碧华就跟外婆住在一起了。外婆疼他爱他,他也爱外婆。小碧华怕外婆伤心，也怕外婆生气。

在外婆身边的时候，小碧华努力做个听话的孩子。

外婆指指扫把，小碧华就知道外婆是要他扫地，小碧华便拿起扫把，把地扫得干干净净。

外婆烧饭的时候，小碧华依偎着外婆，坐在灶边。外婆把稻草放在小碧华手里，小碧华就把稻草一缕一缕地往灶里填。

外婆拿上头巾，小碧华就知道外婆要外出了。如果外婆是去田里，小碧华就到处跑着帮外婆找镰刀、拿篮子；外婆若是去河边洗衣服，小碧华就帮外婆找洗衣篮，还把自己认为要洗的衣服往洗衣篮里装。

外婆要喂鸡鸭了，小碧华就紧挨外婆站着，一边用小手抓了食料往地上撒，一边啵啵啵地代不能说话的外婆把鸡鸭唤过来。

饭做好了，外婆冲小碧华比画个手势，他就跑着去搬凳子、拿碗筷。

因为常年劳累，每到阴雨天，外婆就腰腿疼。小碧华握紧小拳头，帮外婆捶腰、捶腿。

晴天时，小碧华看到外婆在阴暗的屋子里做针线活儿，他就搬张小凳子放在太阳下，然后走到外婆跟前，拉着她的手，把外婆拽到凳子旁，让她坐下。小碧华听爸爸妈妈说过，外婆的腰腿疼病，多晒晒太阳会好些。他把这些话记在了心里，可一旦走出家门，跟小伙伴们玩起来、疯起来，爸爸妈妈叮嘱他的那些话，就被小碧华暂时忘到了脑后。

外面的世界，实在是太精彩了！

"调皮大王"又闯祸了

小碧华也有惹外婆生气的时候。

小碧华自己制作的"武器"有一大堆，木头手枪、木头刀、树棍和气门芯做的弹弓、竹竿做的红缨枪等。这些东西，可都是他的宝贝。跟小伙伴们出去玩的时候，小碧华都会随手带上一件。

这天阳光高照，风清气爽，是个难得的好天气。几天的阴雨天气，缸里的米有点受潮，外婆便把米缸搬出来晾晒。

小碧华拿出弹弓，瞄了一会儿树上的叶子，可能觉得不过瘾吧，又拿出红缨枪舞了起来。他越舞越带劲儿，一不注意，米缸被他打破了。白花花的大米撒了一地。

小碧华看着满地的大米，知道自己又闯祸了。

一群鸡鸭跑过来，啄食着地上的米粒。小碧华轰了这边，鸡鸭们又跑到了那边。

舅舅喊来了外婆。

米缸碎片东一片西一片地躺在地上，小鸡疯狂地啄着米粒，把米粒刨得四散飞扬。小鸭呱呱叫着，边吃边往米上拉屎。

看到眼前一片狼藉，外婆生气了。

粮食被鸡鸭糟蹋，她心疼。

家里就这一口米缸，往后米往哪儿搁？

气急了的外婆抓起地上的一把笤帚，作势要打小碧华。

小碧华一看外婆这回真生气了，丢下手里的红缨枪，撒丫子就往外跑。高举着笤帚的外婆，就在小碧华后边追。

小脚的外婆，哪能跑得过小碧华？眨眼工夫，小碧华就消失在绿树成荫的山路上。

小碧华在山路上跑了一会儿，回头看外婆并没追上来，便放慢了脚步。闯了这么大的祸，家他是不敢回了。

"调皮大王"又闯祸了

小碧华要去找妈妈。

爸爸曾带小碧华去过妈妈工作的地方，可走的是哪条路，小碧华不太记得了。

小碧华想，沿着脚下的路一直往前走，就能走到妈妈工作的地方吧。凭着记忆，小碧华顺着山路往前走。

树上鸟的啼鸣、一朵不认识的小花、不时跳出来的小松鼠，让小碧华忘记了刚刚闯下的祸，也忘记了要去找妈妈的事。他边走边玩，忘记了时间。

天慢慢黑下来，可妈妈工作的地方在哪里呢？树林里越来越暗，风吹过，像有什么小动物跑过来。小碧华记起了听过的可怕故事，他边往前走，边慢慢哭了起来。

一位经过的路人发现了小碧华，他停下来问明情况后，把小碧华带到了妈妈工作的地方。

正在空地上收粮食的妈妈，抬头看了一眼小路上走来的男孩，对身旁的同事说："瞧那个孩子，多像我家碧华呀！"

"是想孩子了吧？"同事笑笑说，"好几里地呢，你家碧华自己咋能来得了？"

男孩越走越近，妈妈一下扔掉手上的耙子，跑了过去。

"碧华，真是你呀！你咋一个人来了？"妈妈弯腰搂住了小碧华，"这么远的路，你是咋来的？"

见到妈妈，小碧华才觉得又累又渴，他一时不知道咋跟妈妈说。

"你来这里，外婆知道吗？"妈妈伸手摘掉小碧华头发上、衣服上的草叶。

小碧华摇了摇头。

"大山里，迷了路可咋办呀？"妈妈又心疼又生气地说。

小碧华望一眼妈妈，小嘴一撇，哇的一声哭了起来。他边哭，边断断续续地跟妈妈讲了事情的经过。

"傻孩子，外婆哪舍得真打你？"

妈妈跑到伙房，端来一碗水。小碧华扬起头，一气喝下去大半碗。妈妈把手上的馒头塞给小碧华："外婆找不到你，不知该多着急呢！"

妈妈跟领导请了假，又借了同事的自行车，载着小碧华就慌忙朝家赶。

"调皮大王"又闯祸了

外婆和邻居们，果然都在到处找小碧华呢。

妈妈让小碧华跟外婆道歉。

小碧华比画着，跟外婆说，以后他再也不一个人到处乱跑了。

外婆没有再责怪小碧华，晚饭还给他加了一个鸡蛋。外婆比画着跟妈妈说，小孩子走了那么远的路，得吃点好的。

又有一次找不到小碧华，同样把外婆吓得不轻。

小碧华和小伙伴们一起到田里捉泥鳅，脚上穿的是外婆刚给他做的鞋子，他怕把鞋弄脏了，就脱下来拎在手上。小孩们沿着弯弯曲曲的沟沿，往不远处的稻田里走。表哥说，那片稻田里有泥鳅。

遇到稍平坦些的沟沿，他们就撒丫子疯跑，吵着，叫着，你追我赶。遇到水洼，他们就跳过去，比赛看谁跳得更远。

也就是在比赛跳远的时候，小碧华手里的鞋子跟他一起飞了出去。不同的是小碧华落在了沟沿上，而手中的一只鞋子却掉进了水沟里。

沟里水太深了，水流也急。左看右看，哪儿还有鞋子的影子?

拎着另一只鞋子的小碧华哭了,小伙伴们也一个个不敢出声了。

小碧华知道,做一双鞋子要花费很多功夫。从打袼褙,到旋鞋样,再到纳鞋底、做鞋帮,最后还要绱起来。外婆忙里偷闲,点灯熬油地做,一双鞋也要用个把月的时间才能做完。

山村的孩子,平时大多都是赤脚或是穿草鞋。这双鞋,是外婆做好了想让小碧华过年时穿的。小伙伴们喊小碧华出门的时候,外婆正让他试鞋,试完后就得放在高高的搁板上,等到过年的时候才能拿下来穿。

但听到小伙伴们的呼喊,小碧华跑到了街上,才发现试穿的新鞋还在脚上。看到不远处的小伙伴们,小碧华已等不及回家脱鞋了。

鞋子被水冲走了,回家怎么跟外婆交代?

小碧华既心疼那只新鞋子,又怕回家被外婆凶。外婆虽然不能说话,但她生起气来,小碧华很害怕。

天渐渐暗下来,小伙伴们陆续回家了。手上紧紧抓着一只鞋的小碧华,却不敢回家。

天完全黑了,小碧华还没回家。外婆找遍了整个村子,也没瞧到小碧华的影子。村民们和外婆一起,打起火把到处寻找,山林中、小河边、田野里,到处是闪动着的灯火,到处回响着呼喊"碧华"的声音。

半夜过后,一位邻居在屋后的草垛里发现了已经睡熟的小碧华。

小碧华的手上,还紧紧抓着那只鞋子。

看到在邻居怀里熟睡的小碧华,外婆一下扑上来,高高举起手臂,却迟迟没有落下。那只高举着的手,最后被外婆捂在了自己的嘴巴上。

神秘的园子

邹碧华上学了!

学校离外婆家不远,邹碧华和小伙伴们跑着跳着玩着,眨眼就到了。

班主任肖老师个子不高,皮肤有点黑,声音特别柔美。肖老师既教他们语文,也教他们算术,甚至连体育和音乐,也是肖老师教。

学校只有两间茅草土屋,一至三年级在外间,四、五年级在里间。上课的时候,肖老师让二、三年级的学生自己先复习,她教一年级诵读。一年级学生默读的时候,她接着教二年级,然后再教三年级。

经常是这样,自己课本上的文章没背过,二、三年级的课文邹碧华倒是记住了不少。每逢肖老师让二年级或三年级的学生站起来背课文,看到憋红了脸也背不下来课文的学长或学姐,邹碧华真恨不得站起来替他们背出来。

挂在晒谷场上的那块铁片当当当响起,放学时间到了。

学校不留作业。孩子们这时一窝蜂地拥出校门,就像被打开栏的小动物,四散飞奔,朝河边、树林、田野或他们以为更好玩的地方奔去。

邹碧华发现了学校隔壁的一个园子。园子不是很大,里边各种植物生长得十分茂盛,有一株很高大的樟树,树冠如一把超级大伞般遮住了半个园子。不时有各种鸟儿唱着歌,飞进又飞出。

这个有点神秘的园子,深深吸引着邹碧华和其他孩子。

放了学,爬过围墙,去园子里"探险",一定是件好玩的事。

第一次进园子,邹碧华就喜欢上了这个地方。

每次到园子里去,孩子们总能发现一些新奇好玩的东西。园子久不住人,各种植物疯了一样地生长。

扒开又高又密的草丛,有时会找到一条匍匐在草下的藤蔓。用手轻轻扯起那根不算粗的藤蔓,一串滚圆碧绿的"小西瓜"就被扯了起来。顺藤找到根,会发现有好几条这样的藤蔓,它们以根部为中心,穿过地上密密丛丛的杂草等植物,朝着各个方向生长。每一根藤蔓上,都有一串金橘般的"小西瓜"。

邹碧华带了"小西瓜"回家。舅舅说,他们管这些"小西瓜"叫"铃铛马宝",好玩,但不好吃。

园子里好吃的东西也有。邹碧华在园子北墙根的杂草中,发现了一丛野草莓。碧绿的叶子间,一颗颗鲜红的野草莓,像星星一样不停地对邹碧华眨着眼睛。邹碧华小心地摘下一颗,放进嘴里,哇,好甜呀!

墙根下的砖缝里,干树叶的下面,能捉到蛐蛐儿。循着叫声,蹑手蹑脚找过去,侧耳屏息,找准了蛐蛐儿的确切位置,然后轻轻扒开砖缝,或悄悄移开落叶,一只黄褐色或黑褐色的蛐蛐儿,支棱着一对头发丝一样的触角,就出现在了眼前。邹碧

26　中华先锋人物故事汇　邹碧华

华和眼前的蛐蛐儿对视着,心不由得嘭嘭嘭狂跳起来。

邹碧华知道,此时,万不可急着去捕,那样很容易因为紧张和急促而失败;太慢了也不行,双手还没展开呢,蛐蛐儿两只后腿用力一蹬,嗖的一声,就不知飞哪儿去了。

让眼前的蛐蛐儿跑掉的失败经历,邹碧华体验过多次,也从中找到了最佳的捕捉方法。

与蛐蛐儿对视时,要沉住气,让蛐蛐儿误以为自己面前的是一个静止的物体,而不是一个想要把它捉住的活人。待蛐蛐儿放松了警惕,甚至开始嘤嘤嘤鸣唱起来的时候,最好的捕捉时机就到了。

双手展开微拢,朝着蛐蛐儿所在的地方飞速落下去。蛐蛐儿快乐的歌唱突然中断,那个小东西,瞬间被邹碧华捂在了掌心中。

邹碧华把蛐蛐儿放进一只空罐头瓶里。怕蛐蛐儿在瓶子里太闷,他用捡来的细铁丝编了个网来当盖子。邹碧华每天都不忘去菜地给蛐蛐儿摘新鲜菜叶。

这里还有一件事值得说。邹碧华摘菜的时候,也顺便把菜叶上的菜青虫捉了回来给鸡吃。虫子把外婆家的青菜吃出了一个个洞，他可不想让这些害虫吃外婆家的菜。

外婆告诉邹碧华，家里的鸡最爱吃这些虫子了，它们吃了虫子，蛋下得格外多。

邹碧华知道了，心中特别高兴。再去菜地捉虫的时候，邹碧华就更加认真、仔细了。

邹碧华发现，那些小小的虫子，看着一副很老实的样子，其实很狡猾。为了不被捉到，它们会藏在不易被人发现的叶子背面或卷起来的菜心里。有的虫子，甚至会暂时藏在菜根附近的泥土里，等到饿了的时候，才爬上菜叶子。

邹碧华自打知道了虫子的藏身之处后，再狡猾的虫子，也难逃他那双黑亮的眼睛了。

外婆每次见邹碧华给鸡喂虫子，脸上都乐开了花。她用手势告诉邹碧华："碧华，你长大了！"

"S"是蚯蚓

妈妈工作调动之后,邹碧华和外婆一起回到了奉新县城。

邹碧华与爸爸、妈妈、外婆、弟弟一起,住在文化馆大院里。院里住了十来户人家,有诗人、画家、书法家、编剧、歌唱演员等艺术工作者。很快,邹碧华就与大院里的孩子们玩到了一起。

文化馆的文化活动非常丰富,书法、绘画、音乐、舞蹈等各种培训班总是不断,每到周末和节假日,文化馆就成了孩子们的乐园。邹碧华跟院里大一点儿的孩子一起,跑到各种培训班上玩。他们接触到了许多与艺术相关的知识,同时也培养了对艺术的兴趣。

文化馆有比赛颁奖之类的活动，遇到馆里人手不够时，他们几个大一点儿的孩子还乐于充当临时工作人员。这些孩子在人群里跑来跑去，吵着，闹着，搬桌子，拖椅子，挂条幅，拿奖品，比大人干得都起劲儿。有时，他们还帮着维持秩序，做一些发放号码、预约叫号的工作。

馆里没活动的时候，邹碧华他们就跑到城边的狮子山上，在山里玩捉迷藏、捉特务、打鬼子的游戏。

山上的木棍、树枝随处可见，邹碧华他们捡了来，发挥各自的想象，制成各种"武器"。早在外婆家的时候，邹碧华就在舅舅的帮助下，做了很多好玩的"武器"。有经验的邹碧华，自然成为那些孩子的"老师"。

他们制作了各种长短枪、大大小小的弹弓、用木头削磨成的飞镖等。狮子山，成了他们玩闹的主战场。从狮子山上下来，每个孩子都是满头满脸的汗、满身的土和泥。衣服剐破了，鞋子开裂甚至跑丢了，都是常有的事。

到了夏天，离家不远的潦河，就成了孩子们的天堂。他们模仿着电视上跳水运动员的样子，从河岸上，有时甚至爬到岸边的树上，展开双臂，一下跳入河水中。蛙泳、仰泳、自由泳，他们结合从电视上学来的游泳动作，独创出各自不同的泳姿。他们吵着，喊着，比赛看谁跳入水中溅起的水花小，谁在水中游得更快。此时的潦河，热闹得简直像开了锅。

在水中玩够了，他们就在沙滩上比谁跑得快，谁跳得远，谁的城堡堆得更高、更大、更雄伟。

不知哪个孩子起了个头，他们就在沙滩上挖起坑来，用树枝、树叶把坑伪装好，然后躲在岸上的大树后边，静待着不防备的人掉入"陷阱"后便笑着、叫着、闹着跑远。

"这些孩子，简直像'疯狗野马'一样！"家长们常常无奈地说。

邹碧华和这些小伙伴，常常玩得忘了吃饭，忘了回家。有时回家后要被家长骂，脾气不好的家长甚至会动手打，但他们一旦聚在一起，在家时的那点不愉快，立马就被忘到了脑后。他们从不知道什么是忧愁，个个整天快乐得像吃了"欢喜团子"一样。

只要某个孩子在门外的院子里喊一声"去玩啦",眨眼间孩子们就在院里聚齐了。

他们吵着,叫着,跑着,身上似乎有使不完的劲儿。他们的那种快乐是发自内心的,不掺一丁点儿假。

爸爸经常出差,妈妈又在远离县城的镇上,外婆不识字,也不能说话,学校也没什么作业,所以邹碧华一天到晚脑海里转来转去的都是玩的把戏,心思根本不在学习上。

课上,老师拿着一张写有"S"的卡片,让邹碧华回答这个字母是什么。

邹碧华盯着卡片想了想,他以前没学过拼音,答不上来。

老师就那么举着卡片,没有半点让邹碧华坐下来的意思。

邹碧华的思绪飘到了塘下村的大山上、田野里,脑海里出现了一个他非常熟悉的东西,邹碧华对着那张卡片回答道:"是蚯蚓。"

邹碧华的话音刚落,教室里就响起一阵笑声。

邹碧华第一次感觉到了不好好学习给自己带来

的难堪。他隐约觉得,往后不能再这样了,起码不能因为上课回答不出问题而让老师再罚站,不能因为自己的回答让同学们哄笑了。

后来,邹碧华上了奉新一中。上课时,他开始强迫自己认真听讲,可他落下的功课太多了,脑袋里玩的念头也太重,学习成绩岂是一时半会儿就能追赶上来的?

期末考试时间到了,邹碧华总分还是排年级倒数。

从不打孩子的爸爸,第一次狠狠地打了邹碧华。

那个晚上,爸爸闷头吸了很多烟,不大的屋子里,烟雾缭绕,就像失了火一样。

妈妈端来了晚饭,邹碧华一口也没吃。

"碧华,你也不小了,往后也该知道干啥了。"妈妈坐在床前,含泪对邹碧华说,"再不学习,长大了,你会后悔的。"

邹碧华没有说话,也没有动,心中翻江倒海般涌动着的,是一些以往不曾有过的东西。他心理上很抗拒那些东西,但奇怪的是,它们同时又深深吸引着他,让他无法不去想。

妈妈重重地叹了口气,说:"别像妈妈,长大了后悔。"

邹碧华不由得愣了一下。

妈妈一直为自己读书少而感到遗憾。妈妈当初辍学的经过,邹碧华也听过不止一次。妈妈每次讲起,都忍不住叹气,有时还悄悄流泪。

当时老师让妈妈交学费,外婆出去给人家做针线活儿了,妈妈便对老师说:"等我妈妈收了工钱回来,我就交学费。"可那个老师却说:"你家没钱,还读什么书?"年幼又倔强的妈妈一气之下背起书包回了家,从此再也没回学校。

邹碧华知道,妈妈没能读更多的书,是她心中永远抹不掉的痛。妈妈对自己当初离开学校的决定,后悔不已。

"现在条件这么好了,可不能让自己废了啊!"妈妈又说。

爸爸说:"你不学习,整天坐在学校里都干了些啥呢?现在不好好学习,将来你能干啥?"

平时挨上枕头就入睡的邹碧华,在那个晚上,第一次尝到了失眠的滋味。

梦醒时分

爸爸妈妈的话，邹碧华觉得也很有道理，可他欠下的学习账太多了，真要把学习赶上，并非易事。

几次考试，邹碧华的成绩依然排在后几位。

自己努力学习了，成绩也没上去呀！邹碧华有些气馁。

每年一度的秋季运动会到了，喜欢运动的邹碧华自然会参加。他选了跳高和跳远两个项目，比赛中均取得了全校第一名的好成绩。

邹碧华的心里琢磨着，与其这么痛苦地努力，把学习赶上，还不如把精力用到体育运动上。也许自己本来就是搞体育的料，而非学习的料。

这样想着，邹碧华的精力就从学习悄悄转移到了体育上。

又一次考完试，邹碧华的成绩更落后了。

爸爸妈妈越来越着急，他们不止一次跟邹碧华交谈，希望他把主要精力放在学习上，把学习搞上去，可对那时的邹碧华来说，努力学习是件令他特别痛苦的事，而体育运动正好相反。每每来到体育场上，他就感觉自己像一条鱼儿在河水里畅游，像一只鸟儿在蓝天飞翔。体育运动，是多么令他快乐的事啊！

爸爸多次到学校去，找老师交流，试图找到一条让邹碧华自觉步入文化课学习的通道。

"碧华，你有自己的爱好，这是好事，爸爸支持你。"爸爸耐心地跟邹碧华交谈，"但你要分清哪是主业，哪是副业。"

"体育搞好了，也可以成为主业。"邹碧华对爸爸的话很不服气。

"你有没有想过，如果文化课成绩一直很差，你怎么能有机会去大学里深造？没有文化做支撑，干啥都走不远。"爸爸耐着性子，不急不缓地说。

爸爸不是不着急，其实他心里急得火烧火燎，可他不能表现出来，以往他都急过无数次了，但都没什么用。

邹碧华没有再对爸爸说什么，他心中有自己的主意。爸爸的话，不会让他轻易做出改变。在他的心中，有一个"飞人"梦，他要为了自己的梦想而努力。

爸爸觉得邹碧华不理解父母，不听父母的话，邹碧华则觉得爸爸专制且思想陈旧，眼里只有考大学这条路。邹碧华甚至觉得，爸爸之所以逼他考大学，就是为了给自己挣面子，儿子考上好大学了，他脸上才有光。

互相无法说服对方，父子俩进入了冷战状态。

妈妈劝了这边劝那边，可他们各有各的理，都觉得自己没错。

事情的改变缘于邹碧华的一次运动意外。邹碧华在练习跳高时，不小心崴伤了脚踝。接到学校的通知后，爸爸第一时间赶到了学校。

"先去医院吧。"爸爸看到邹碧华的脚踝处肿得老高，心疼地说。

邹碧华推开了爸爸伸过来要扶他的那只手。脚踝的疼痛和这些日子里跟爸爸冷战压在心中的烦闷一下子涌了上来。邹碧华对爸爸说道："这下您满意了吧？"

爸爸一脸愕然地抬起头，望向邹碧华的双眸中竟含满了泪水。

邹碧华一下子愣住了。他为自己刚刚冲出口的这句话感到后悔。之后，他什么也没再说。

爸爸也没再说什么，他拽过邹碧华的胳膊，搭在了自己肩上。

在爸爸的搀扶下，邹碧华上了停在门口的自行车。爸爸驮着邹碧华，朝医院疾驰而去。

听着爸爸越来越粗重的呼吸，再看看爸爸被汗水湿透的衬衣，邹碧华心里说不出是什么滋味。

爸爸带邹碧华做着各项相关检查，所幸骨头没什么事，只是韧带拉伤，需要回家静养几天。

爸爸妈妈轮流请假在家照顾邹碧华。

妈妈费尽心思给邹碧华做好吃的，她说："吃好了，才好得快。"

那几天，爸爸跟邹碧华交流了很多，以往几年他们父子俩说的话加在一起，也没有那几天说的话多。他们说绘画，谈体育，也讲学习。

开始，邹碧华对爸爸的话有些抗拒。

渐渐地，邹碧华能有选择地接受了。

再到后来，邹碧华慢慢觉得，爸爸的话大多有道理。

于是他把那些话记在了脑子里。

爸爸说："爸爸现在让你好好学习，是为了让你将来的路更宽，你将来想做什么的时候，那扇门能为你敞开，而不是你想进去，却没有资格跨入门槛。

"未来生活是什么样的，选择的权利在你自己手上。

"在最该好好学习的时候，你没有那样做，那是爸妈的错。如果将来你因此没有好的生活，爸妈会后悔一辈子。没有哪个爸妈不希望自己的孩子能有一个好的未来。

"爸爸知道你不是笨，是心思没用在学习上。

"体育运动和文化课学习并不冲突。两条腿走路,两方面一起发展,多好!"

好像是做了一个长长的梦,邹碧华猛地从梦中醒了过来,他一下子明白了学习的重要性。他可不想将来因为自己的学历不够,迈不进那个想进去的门槛,也不想让年迈的爸妈为了他而伤心后悔。

此时,邹碧华遇到了人生中第一位对他影响很深的老师——陈名娟。陈老师是全县优秀教师,她班里的学生,个个好学上进。

邹碧华转入了陈名娟老师担任班主任的班级,进入这个班级的第一天,他就被这里浓浓的学习氛围感染了。他在心里暗暗发誓,一定要努力学习,尽快把以前落下的功课赶上。

"钻"进了书库

邹碧华进入陈名娟老师班里的第一天，晚自习刚上到一半，突然停电了。在这个小城，停电是件再正常不过的事了。

在以前那个班学习时，遇到停电，大家要么三五个人聚在一起聊天，等着电来；要么就跑出教室，到操场上去玩；实在等得久了，电还不来，他们干脆就直接回家。

还没等邹碧华反应过来，教室里已燃起一片烛光。原来，下课后，教室会自动断电，同学们为了能在教室继续学习，每个人都备有蜡烛。看着前后左右这一片摇曳的烛火，邹碧华感受到了这里的不一样，同时他也为自己没有准备蜡烛而感到尴尬。

善解人意的同桌帅圣极，把自己的蜡烛朝邹碧华这边挪了挪，两个人借着这一支跳动着火苗的蜡烛，头挨着头，一起学习。

在这个烛光闪烁的晚上，邹碧华的心完全沉浸到了课本中，书上的字、词和公式，也变得特别温暖、特别亲切。

放学铃声响了，邹碧华从书本上抬起头，突然觉得这节自习课怎么这么短。邹碧华的第一反应是，老师因为停电提前打了放学铃吧？但他看了一眼手上的电子表，才知道确实到了放学时间。

为啥不爱学习的时候，一节课那么长，喜欢学习的时候，一节课又变得这么短了呢？这个问题一下从邹碧华的脑海里跳了出来。对着面前闪烁的烛光，邹碧华有些不好意思地笑了。

感觉上变了的，不仅仅是时间。

以往每当想到要坐下来看书、写作业，邹碧华就会出现强烈的心理抗拒。书上的每一行字、每一个字母、每一个公式在他看来都是那么不顺眼，好像他与它们是前世的仇人一样。

如今，还是那几本书，还是同样的词句、同

样的字母、同样的公式，邹碧华却越看越觉得亲近。那些曾经的"仇人"都变成了他的"好朋友"，一会儿不见它们的面，邹碧华心里就觉得像少了点啥。

考试也不一样了。

以往邹碧华虽然不是特别在意自己的考试成绩，他觉得自己体育成绩好就行，但每次老师发试卷的时候，他还是略微有些尴尬，因为老师会在讲台上念出每个同学的分数。那些名字，是老师按分数多少依次排列的，邹碧华的名字总是在后边，因此对考试，他心里也非常抗拒。

但现在不一样了。每一次，邹碧华的名次都在往前走。他心里就总盼着考试，看看这回又能提升几个名次。

每天早晨，邹碧华都早早起床，跑步去学校。同学们到校前，他就已经把刚学的英语单词背诵了几遍。

陈名娟老师和爸爸妈妈都看到了邹碧华的变化，他们欣喜之余，不忘及时鼓励他。邹碧华像一只上足了发条的钟表，在学习的道路上一刻不停地往前走。他走得自然，走得顺畅，走得快乐，因为前面有一个目标在等着他，那是他的朋友，他急于要见到它，与之会合后，再一起奔向另一位新朋友。

邹碧华已不再满足于课本上学到的知识，他想要读更多的书，学更多的知识。

周末写完作业，邹碧华就央求爸爸带他去县图书馆借书。爸爸也支持他读一些课外书，开阔视野。

去图书馆的次数多了，邹碧华就不愿再麻烦爸爸，毕竟爸爸要忙文化馆里的辅导班，忙采风，忙自己的绘画。再说，自己这么大了，总是让爸爸带着去借书，也有些难为情。

邹碧华便自己去借。

文化馆和图书馆本来就是一家，管图书的叔叔阿姨们和邹碧华也都很熟。

但不知是因为图书馆的叔叔阿姨们觉得邹碧华年龄小，不该整天读这些课外书，而应该把精力用在课本上，还是怕邹碧华把他们的书弄丢弄坏，邹碧华自己去借书的时候，他们总是以"被借走了"

或"临时找不到"为借口，搪塞邹碧华。

图书馆里的那些书，特别是那些文学名著，深深吸引着邹碧华。越是借不来，他对那些书就越向往。

一个意外的发现，让邹碧华把图书馆的书库变成了自己的书房。

原来，图书馆的书库与邹碧华睡觉的房间就隔着一堵木板墙。每天晚上，邹碧华写完作业后，就悄悄移开木板下的砖头，"钻"进书库，找到自己想看的书。读完一本，他又趁夜晚，再把书悄悄放回原处，然后换另一本。

对每一本书，邹碧华都很爱惜。他总是先洗掉手上的脏东西，才去摸书。他也从不折书角。在邹碧华的枕边，放着几枚好看的树叶，那是他精心挑选的"书签"。

用这种独特的"借书"方式，邹碧华把奉新县图书馆的文学名著几乎都读了一遍。

随着学习成绩的不断提升，邹碧华的学习热情越来越高涨。课余时间，他常跑到老师办公室，找老师要题做。

考试的时候，老师常出两套试卷，一套用来考试，另一套备用。每次考完试后，邹碧华都央求老师把另一套试卷给他，他要把那套试卷也按考试的要求做一遍。

"飞人"梦

升入高中后,邹碧华的学习成绩稳步上升。同时,他的体育训练也没放下,特别是在跳高和跳远这两项上,他表现出了极大的潜能。

邹碧华的学习步入了正轨,爸爸妈妈清楚邹碧华已经是个自觉自律的孩子。邹碧华喜爱的体育运动,他们也不再干涉。

每天邹碧华到校后做的第一件事,就是绕到沙池前,先做个热身,然后练几次跳远,再练几次跳高后,才去教室。

下课后,邹碧华再次跑到沙池边,把同样的运动重复一遍。

课外活动,邹碧华会跟同学一起打篮球、打羽

48 中华先锋人物故事汇 邹碧华

毛球等，但不论做什么，他总能抽出时间来，跑到沙池边，练一阵跳高和跳远。

不管是平时还是考试的日子，除去大雨天外，邹碧华每天都会多次跑到操场边上的沙池去练习跳高和跳远，几年来，从未间断过。

高一那年暑假，十六岁的邹碧华因优异的跳高与跳远成绩，被选入奉新县体育运动集训队参加集训，为即将召开的江西省青少年运动会做准备。

集训地在一个偏远的山区小镇，从奉新县城坐车，要走将近两个小时的山路。

集训队借住在一个平时不用的院子里。两间大房子，男生住一间，女生住一间。老师则住在旁边的小房子里。做饭的厨房，是用茅草临时搭建起来的。

房间里没有床，学员们在老师的带领下，用稻草铺了地铺。晚上睡觉的时候，一个挨一个地躺在地铺上。

山里蚊虫特别多，领队老师就带领同学们到山上去找野蒿驱蚊。在山上随处可见野蒿，他们采回来，晒到半干，趁野蒿此时的韧劲足，编成一条条的绳子。把绳子挂起来晒干后点燃，再挂到门框上。这个办法还挺管用，晒干的野蒿绳很容易点燃，烧起来烟雾缭绕，如一层轻薄的幕帘挡在了屋门前，蚊虫飞到这里，闻到野蒿特有的香味，就不敢向前了。老师们怕野蒿燃着了地上的稻草，就轮流值班，除了防火，再就是要及时更换燃尽的野蒿绳。

因为人手少，值夜班的老师白天也没时间休息，照样带同学们训练。

不只是值夜班这一件事，平时的一日三餐，也是老师们轮流做。

邹碧华从未听到哪位老师抱怨过什么，也从没听到他们叫过苦、喊过累。

集训队的训练强度很大，除去吃饭、睡觉外，时间几乎都拿来训练。长跑、短跑、助跑、踏跳、腾跃，每个同学根据各自要参加的不同项目，进行练习。

身上的衣服很快被汗水浸透，又被太阳晒干，衣服上的碱花套了一层又一层。训练结束后回到住处，他们把上衣脱下来放在地上，衣服竟能站立住。

每天训练结束回到住处,邹碧华累得连话都不想说,但他却很快乐。做自己喜欢的事,再苦再累,心里也是甜的。在邹碧华心中,那个"飞人"梦一直在。他也想要像跳高运动员倪志钦那样,成为"飞人",为国争光。

当时获得各种信息的渠道非常狭窄,但只要听到关于自己的偶像倪志钦的相关信息,邹碧华都会用心记住。他随口就能讲出来:

倪志钦,男,生于福建泉州,是我国第一位打破男子跳高世界纪录的运动员,他曾十三次刷新亚洲纪录。2.29米的亚洲纪录保持了十一年之久。《布洛克豪斯体育辞典》和《体育百科全书》都曾把他列入人物词条……

有了目标,就有了动力。老师布置的训练任务,邹碧华每次都保质保量完成。有时,他还会咬牙给自己增加运动量。训练得累到实在撑不住的时候,邹碧华也曾想悄悄偷个懒,甚至想过放弃,但最后,他都咬牙坚持下来了。

在江西省青少年运动会上,邹碧华夺得了跳高第二名和跳远第三名的好成绩。

根据当时江西省的相关政策,全省运动会各个项目获前五名成绩的运动员,高考加10分。邹碧华获得了两个项目的加分。

经历过这个暑假的体育训练,邹碧华成熟了许多,他懂得了任何好成绩都不会凭空而来,都需要付出大量的心血和汗水。

邹碧华更加理解了陈名娟老师曾说过的那句话:"一个真正厉害的人,不是能战胜别人,而是能战胜自己。"

有理想在心中,邹碧华战胜了自己。

这娃是个好苗子

高二下学期，邹碧华的学习成绩赶到了班级中等偏上的位置，而他所在的班，也是学校选拔出的文科尖子班。

任课老师都很喜欢这个浑身带着一股拼劲的学生。

英语老师了解到邹碧华读了大量的中外名著，这在当时县城中学的学生中是极少见的。英语老师有意找了一些英文原版小说，拿给邹碧华读。邹碧华如获至宝，每次拿到手，都是读了一遍又一遍。

毕业于江西大学中文系的班主任刘屏山老师，是一位知识渊博且认真负责的好老师。他不仅语文教得好，业余时间还喜欢写一些诗词。刘老师的字写得也很好，不上课的时候，刘老师就把旧报纸铺在桌上，练毛笔字。

每天早晨六点，刘老师准时从家里出发。他先到学生宿舍，逐个把学生叫醒，带他们晨跑。学生们吃早餐的时候，他去办公室处理一些工作。学生们去教室早读了，刘老师才匆忙赶回家去吃早餐。

课余时间，邹碧华经常找刘屏山老师，虚心向他请教一些学习上的问题；有时，还会央求刘老师给他出一些作文题，写完了，再请刘老师批改。

对这个喜欢自我加压的孩子，刘老师打心眼里喜欢。每次他都逐字逐句地批改作文，耐心地给邹碧华讲解，哪段话写得最好，哪个句子最出彩，哪句话有点多余或者放错了位置，等等。

邹碧华认真听着，悟到了很多写作文的技巧。他的作文成绩也因此稳步上升。

刘屏山老师的爱人也是一位老师，看着这个频繁出入自己家门的学生，她由衷赞叹道："这娃娃是个好苗苗！"

刘屏山老师升任副校长后，邹碧华的班主任由罗运虎老师担任。罗老师曾是江西省第一届田径代表队的队员，男子400米跑成绩曾破过全省纪录。

罗老师来这个班后，热爱体育的邹碧华很快与罗老师成为忘年交。

邹碧华遇到什么疑惑，都喜欢请教罗老师。

有一天，邹碧华问罗老师："老师，您说我考哪个大学好？"

罗老师想了想，说："上海的华东师范大学比较适合你，将来你就报华东师大吧。"

罗老师之所以这样说，是因为综合考虑了邹碧华当时的学习成绩。

邹碧华没有说什么，他闷头走了。

又过了几天，邹碧华见到了以前的班主任刘屏山副校长。

"刘老师，您说北大好吗？"邹碧华问刘校长。

"北大当然好了，这还用问？"刘校长不知邹碧华为什么要问这个。

"我要考北大！"邹碧华望着刘校长，认真地说。

"考北大，可不是一句话的事，要有真本事才行！"刘校长看着面前这个男孩，严肃地说。

"您放心,我说了要考,就会拼了命去考!"邹碧华说完,转身跑远了。

"这娃娃!"刘校长望着邹碧华的背影,笑着轻轻摇了摇头。

邹碧华所在的奉新县是个不大的小城,各方面信息相对比较滞后。书店的书更新得也很慢,高考复习资料之类的书籍,更是极少见到。

邹碧华的同桌帅圣极的亲戚在市里工作,给他带来了一本《高考数理化自学丛书》,邹碧华见了,喜欢得不想离手。可书是帅圣极的,他无法长时间拥有它。邹碧华看那本书的样子,就像小时候看到一块喜欢吃的糖果那样,而糖果又无法属于他,它的诱惑力就变得无限大。

有什么办法能拥有这本书呢?邹碧华想了半天,脑海里终于冒出了一个好主意。

每到晚上,邹碧华就去帅圣极家,他们一起写作业,一起讨论题目。帅圣极要休息了,邹碧华就跟他商量,借这本书回家去看,并保证第二天早晨一定第一时间归还。

帅圣极对这本书也很珍惜,但自己要睡觉了,也没理由不借给邹碧华。

每天早晨,邹碧华到校后都是第一时间把书还给同桌。

一个星期后的一天早晨,邹碧华把书还给帅圣极的时候,又送了他一块在那个年代比较稀有的蛋糕,随书和蛋糕一起递到同桌手上的,还有一个用白纸装订整齐的本子。

帅圣极有些疑惑地打开那个厚厚的本子,他一下子惊呆了。

原来,邹碧华把那本复习资料全部手抄了一遍。怪不得邹碧华这几天总说手腕疼呀!

"这上边的题,跟课本上的不一样。往后,我就能照这个去复习了。"邹碧华笑着说。

"这么厚!邹碧华,你太牛了!"帅圣极忍不住惊呼道。

邹碧华儿时的玩伴贺虹在市里读书,她听说了邹碧华抄书的事后,就在市里的书店买了复习资料,不时给邹碧华寄过来。

爸爸也经常去县里的书店,问有没有高考学习资料之类的书。问的次数多了,书店再去市里进货的时候，就进了六套高考复习资料。

爸爸听说后，立马骑上车子奔向书店。那套资料定价是十三块五毛，爸爸当时每月的工资是三十八块五毛，这套资料的价格，对他们家来说算是"巨款"了，但爸爸眼睛眨都没眨，就把复习资料买回了家。

学习劲头十足的邹碧华，每每面对着那一本本书，就感觉自己特别幸运、特别富有。

有这么多好书，还有啥理由不好好学习呢？他这样问自己的时候，心中便充满了幸福和快乐。

一九八四年七月的一天，邹碧华从罗老师手中接过了他的录取通知书。看着信封上"北京大学"几个字，他忍不住惊呼一声，跳了起来。

邹碧华挥动着手里的通知书，朝外跑去。他要告诉爸妈，他要告诉刘屏山老师，自己考上了北京大学！

围棋、哑剧与编导

妈妈花了三天三夜时间,给即将远行的邹碧华织了件红毛衣。

邹碧华如愿考进了北京大学,妈妈按捺不住地高兴。同时,她的心里也藏了太多太多的担忧。碧华从没独自出过远门,他一个人去那么远的地方,要到寒假才能回来。碧华不会坐错车吧?不会坐过站吧?北京那么大,不会迷路吧?碧华喜爱运动,袜子会及时洗吗?鞋子会记得晾晒吗?……

爸爸妈妈带着两个弟弟,把邹碧华送到南昌火车站。邹碧华独自乘上开往北京的火车,开启了他人生的新征程。

北京大学,这所著名的老校,全新的环境,不一样的校园气息，给习惯了书山题海的邹碧华提供了一片广阔、新奇又自由的崭新天地。

隆重又热烈的开学典礼后，师兄师姐拉起师弟师妹的手，教他们跳集体舞。这是北京大学法学院每年迎新的例行节目。

邹碧华没有跳过舞，可他乐感好，很快就跟上了师兄师姐的步子。

接下来的联欢会上，班主任王久华老师要各位同学介绍一下自己。

轮到邹碧华介绍时，他站起身，大声说："我叫邹碧华，来自江西省奉新县。'邹'是'邹韬奋'的'邹'，'碧'是'碧绿'的'碧'，'华'是'中华'的'华'。"邹碧华顿了顿，又加了一句，"就是把中华装扮得碧绿碧绿的！"

同学们哄笑起来，边笑边用力鼓掌。

有同学随着掌声，喊道："把中华装扮得碧绿碧绿的！"

联欢会一下子热闹起来，刚才还有些拘谨的同学，随着掌声、笑声和喊声，也都放松了下来。

后来，邹碧华上台演唱了一首《外婆的澎湖

湾》。刚开始他还稍有点紧张，渐渐地，他的眼前出现了挑着箩筐的外婆，出现了那个他熟悉又热爱的小山村。外婆牵着他的手，行走在绿树掩映的山路上。他和小伙伴们一起跑着，跳着，玩着捉迷藏、抓坏蛋的游戏……一切都那么温暖，那么美好。邹碧华越唱越投入，越唱越动情。

邹碧华的歌，迎来了同学们一阵阵热烈的掌声。

邹碧华深深爱上了北大。

北大图书馆是邹碧华最爱去的地方之一。仰视着那一面面书墙，邹碧华心中就不由得升起敬畏之情。每一本书，都让他爱不释手。他如饥似渴地读着那一本本凝聚着前人智慧的书，心中感到满满的幸福和快乐。走在路上，他都忍不住哼起歌。

那一年，一件体育赛事影响了邹碧华，也让他在学习之路上拐了一个小小的弯。

那是在东京举行的第一届中日围棋擂台赛。

整场比赛紧张激烈。中国队开始一直处在领先地位，后来日本选手小林光一连胜中方六将。在5比7中国处于落后地位的情况下，中国主帅聂卫平上场，连续战胜两位日本选手，把比分扳到了7比7平。

一时间，"聂旋风"席卷整个北大校园。

北京大学团委邀请聂卫平来学校做演讲，报告厅被挤得水泄不通。聂卫平的到来，让北大校园的学子们掀起了一阵学习围棋的热潮。

一九八五年十一月，聂卫平在北京击败日本擂主——曾六次夺得"棋圣"战冠军、被授予"终身棋圣"的日本选手藤泽秀行。

全国上下一片沸腾。

乘着这股热潮，北大校园里的"围棋热"更加高涨。那些日子，下围棋成了邹碧华和他的室友们的主要业余生活。

此时的邹碧华，对围棋的热情达到了顶峰。他曾在宿舍放言说："我要在三个月内，拿下初段！"

邹碧华白天有时间就去各大书店淘棋谱，到了晚上，则拉着同学一起"打谱""对练对攻"，直到脑子木得转不动了，才把自己扔到床上。即使闭上眼，邹碧华脑海里也是黑白双色棋子不停移动的画面。

除了学习围棋，邹碧华还参加了剧社。他演的哑剧，受到了大家的欢迎。他还亲自当编导，自编自导自演了好几出哑剧。

文学社、书法绘画组，都有邹碧华的影子。操场上开展的各种体育项目，他也随时去练两把。

多才多艺又精力旺盛的邹碧华，从偏远闭塞的奉新小城来到氛围宽松自由的北大，就像一只被松开了翅膀的小鸟，在北大广博的天空中自由地飞翔。目光所及，都那么新奇，那么好玩，那么充满魔力。这一切，让年轻的邹碧华实在无法停下脚步。他飞得高了，飞得远了，也飞得偏了。

考试成绩出来了，邹碧华的高等数学和英语两门课都不及格。对学文科的邹碧华来说，高等数学确实有一定难度，但在高中阶段，他的英语成绩在班里一直是前几名，这次考试，他却只考了58分。

望着那两张不及格的成绩单，邹碧华一下子惊醒。爸爸曾说过的话，在他耳边响起："碧华，你有自己的爱好，这是好事，爸爸支持你，但你要分清哪是主业，哪是副业。"

意识到自己存在的问题后，邹碧华强迫自己静下来，对来到北大后走的这段路进行了认真的回顾和反思。邹碧华比中学时成熟了很多，他及时调整了自己的前进方向。

邹碧华是个想到了什么就马上去做的人。他认真制订了自己的学习计划：每天五点半准时起床，跑步、读外语、背单词；下午下课后，练哑铃、单双杠等体育运动；晚上，一三五参加社团活动，二四六读书。

邹碧华还是喜欢玩，他学习弹吉他，学跳舞，练体育项目，但现在的他，玩得有度有节，不像刚来到学校时那样不顾一切地疯玩了。

邹碧华的努力没有白费，一年后，他的专业课成绩上升到了班级前十的位置。

好成绩的取得，是邹碧华自我反省及时调整并努力学习的结果，但这也与班上的一位女同学不无关系。

围棋、哑剧与编导

团支书与"调皮大王"

这位女同学就是邹碧华班上的团支书,名叫唐海琳,是一位来自上海的女生。

早在入学第一天,邹碧华就注意到了这个与众不同的女同学。唐海琳白净的肤色、时尚的穿着、不俗的谈吐,都给来自偏远小县城的邹碧华留下了深刻的印象。

唐海琳做自我介绍时大方得体的微笑、纯正中带了点温软口音的普通话、别出心裁地加上的上海话,让邹碧华不免对她有些心动。

邹碧华一直记得唐海琳的自我介绍:"我是从上海来的,叫唐海琳。说一句我们上海话,阿拉是从上海来额。"

邹碧华唱《外婆的澎湖湾》时，他的目光无意中与唐海琳相遇，虽然只是匆忙一瞥，但邹碧华却注意到那双看向自己的明亮眸子满含笑意。

唐海琳不仅漂亮、优雅、时尚、气质出众，而且聪明好学。这样的唐海琳，自然是男同学心中可望而不可即的白天鹅，是女同学偷偷模仿又暗暗羡慕的对象。

开始，邹碧华对唐海琳，只是单纯的喜欢与欣赏。每当与唐海琳在校园偶遇，他心中就充满按捺不住的欣喜。那时的邹碧华，一天到晚忙他的围棋、哑剧、体育等活动，满脑子都是各种新奇好玩的东西，他没有大块的时间和精力去多考虑唐海琳。没谈过恋爱的邹碧华，在心中并不能准确地定位他对唐海琳的这种异样的感觉。

但期末考试两门挂科后这种感觉发生了变化。猛然醒来的邹碧华，再次看向他喜欢的女孩唐海琳时，目光中虽然还带着这个年纪的男孩的大大咧咧，但内心深处藏了一丝怯怯的东西。

因学习成绩优异，唐海琳拿到了奖学金。邹碧华看向领奖台上的唐海琳，两人的目光恰巧相遇，虽短暂到只有几秒，但邹碧华却从唐海琳的目光中看到了异于以往的内容。

邹碧华下定决心重新认真规划自己的大学生活，大学四年转瞬即逝，他不能再放任自己这样随心所欲地混下去了，他要把失去的时间夺回来。

随着学习的不断进步，邹碧华那颗年轻躁动的心渐渐从浮躁转向平稳和理性。他对唐海琳的感情，也在不断升温。

邹碧华调皮的天性，不时会露出来。他假装不小心碰落唐海琳手里的书，然后帮她捡起来，再帮她把书抱回宿舍。他制造与唐海琳的"偶遇"，教室走廊，图书馆阅览室，未名湖畔……有一次"偶遇"时，邹碧华假装刚刚崴了脚，不明真相的唐海琳轻轻扶着他，把他送回宿舍。关于这件事，在宿舍"卧谈会"上，邹碧华被室友们"批"了好几天。他们威胁邹碧华，要把真相告诉唐海琳，直到邹碧华许诺周末请室友们集体去吃一顿，室友们才放过了他。

邹碧华越来越喜欢唐海琳，可他不知道该怎样去追求她。

直到有一天,邹碧华路过另一个宿舍,听到几个男同学正在起劲地讨论着怎样才能追到唐海琳。邹碧华心里急起来,他知道,不能再等了。

邹碧华排了整整一个通宵的队,买到了两张北大国际电影展的门票。顾不上喝水、吃饭,邹碧华直接去了唐海琳的宿舍。

开门的恰巧是唐海琳。

胆子一向很大,从不怯什么事什么人的邹碧华,面对着唐海琳时,突然一下变得紧张起来,说话也不那么流畅了:"我……我这里有两张电影展的门票,给你!"邹碧华说着,把手上的两张票塞到了唐海琳手里。

"哇,电影展的门票呀!好难弄到的呀!"唐海琳接过门票,满眼的惊喜。

邹碧华一时不知该再说什么了,他匆忙告别唐海琳,边往宿舍走,边为自己刚才的表现感到后悔不已。

"那天怎么没见你去看电影呀?"再见面的时候,唐海琳有些好奇地问邹碧华。

邹碧华无奈地对唐海琳笑了笑。

那天，他本来是想跟唐海琳说，他买了两张票，想请唐海琳和他一起去看电影，可他的表述，让唐海琳误以为他有三张票。

邹碧华与唐海琳的第一次约会，就这样被他给搞砸了。

对接下来的第二次约会，邹碧华做了充分准备，他把想跟唐海琳说的话写在纸上，跑到未名湖边，对着湖水反复练习，他要保证这次约会万无一失。

邹碧华拿着两张人民大学的电影票，敲开了唐海琳宿舍的门。

"同学有两张票，他们临时有事去不了。"邹碧华把手上的两张电影票让唐海琳看了看，然后抬头看着唐海琳，说，"我想和你去看，你敢去吗？"

"这有什么不敢的呀？"唐海琳被邹碧华一激，笑了。

两人看完电影，慢慢往回走。他们边走边聊。邹碧华跟唐海琳聊起他小时生活过的山村、他的外婆、他的玩伴、他做过的出糗的事。

这一切，对自幼生长在上海的唐海琳来说，是那么新鲜。

两人走到一个有台阶的地方，邹碧华伸手扶了一下唐海琳，并告诉她小心台阶。唐海琳心里顿时暖暖的。这个看似调皮的大男孩，还是蛮细心蛮温暖的。

邹碧华和唐海琳相爱了，校园的林荫道上、餐厅里、图书馆中，到处都能看到他们的影子。

可事情并不像邹碧华想象的那样：他和唐海琳的爱情会是一路鲜花。

有一段时间，唐海琳突然有意疏远邹碧华。深爱着唐海琳的邹碧华感到无限痛苦，他不知道自己哪里做得不好，让唐海琳失望了。邹碧华无法想象失去了唐海琳的日子，自己该怎么过。

终于，邹碧华知道了事情的真相。原来，唐海琳的爸妈希望她毕业后回上海。那时的分配政策一般是从哪儿来到哪儿去。邹碧华来自江西，自然去不了上海。唐海琳意识到这一点，她虽然爱邹碧华，但她觉得长痛不如短痛，于是选择了疏远邹碧华。

一年一度的秋季运动会召开了。邹碧华参加跳高、跳远、跑步这几个项目，并取得了好成绩。

邹碧华运动场上的风姿，让经济法班的同学们一次次欢呼、尖叫，他们对邹碧华这位大显身手的体育委员满是崇拜。

看着运动场上时而奔跑时而跳跃的邹碧华，唐海琳内心充满矛盾。在爸妈面前，她一直是个听话的"乖乖女"。可是，她爱邹碧华，没有哪个男孩能代替邹碧华在她心中的位置。

唐海琳最终决定跟爸妈说明，她要跟邹碧华在一起。

不一样的北大

　　北大的三角地，几乎天天都有各类讲座的最新海报。北大的讲座不仅多，而且内容也丰富多彩。教授、学者、商界精英、作家、奥运冠军、诺贝尔奖获得者、各国政要等，都可能成为北大讲坛上的主讲。

　　听着这些名人讲自己曾经的挫折或成功，收获他们的指导、鼓励、警示或温暖，邹碧华感到兴奋不已。这样的机会，哪是一般人能轻易得到的?

　　邹碧华在写给高中同学的信里，常提到某一期的讲座。同学们都非常羡慕邹碧华能有这么多好机会听讲座。可惜他们都在别的城市、别的学校，没有这样的机会。

"唉，怪不得都愿意考上北大呀！差别真是太大了！"邹碧华中学时的好友帅圣极，总是在信里这样说，"早知道考上北大这么好，读高中的时候，就该像你一样，努力奔着北大去！"

帅圣极考上了江西省的一所师范专科学校，对邹碧华在北大的"幸福生活"，他很羡慕。同时，他对自己中学时没努力学习悔恨不已。

再给帅圣极写信的时候，邹碧华就有意避开讲座的事。

可帅圣极每次给邹碧华写信，都会问他又听了谁的讲座，有什么启发、感受等。

帅圣极有一次在信里说："你不用回避任何事。北大的一切，包括食堂伙食、图书馆藏书、各类活动，甚至连宿舍配置，都不是我这所偏远师范专科学校所能比的。"

邹碧华读了帅圣极的信，心中说不出是什么滋味。既然帅圣极都清楚，那他也就没必要刻意隐瞒什么了。一个想法在邹碧华心中萌生，并扎了根：找个合适的机会，一定要请帅圣极来北大玩一次，圆他进北大校园的梦。

再去听讲座的时候，邹碧华就更加珍惜了。他知道，并不是所有像他这个年纪的人都能有这样的好机会。

每次听完讲座的晚上，宿舍里"卧谈会"的内容就特别丰富，室友相互之间的争论也格外激烈。他们各抒己见，毫不避讳地提出自己的观点。

教法理课的罗玉中教授，是邹碧华喜爱的老师之一。罗教授经常跟同学们讲，理论研究永无止境，同学们一定要敢于挑战权威，敢于对权威的观点提出质疑。

罗玉中教授的话对邹碧华影响深远，在不断学习的过程中，他独立思考分析的能力也在不断提升着。这为他工作后在司法改革之路上的过人勇气与超前思路，打下了基础。

另一位教授在课堂上说过的一段话，也深深影响了邹碧华。教授认为，一个人的知识可分为四块。第一块是生活方面的，如怎样打扫屋子，怎样做菜等，必须学会如何生存。第二块是自己国家的文化背景，如中国的书法、绘画、诗词等，要有所了解。第三块是自己的专业知识，这是你将来从业的根本。第四块是人类共同的文明，也就是文学、哲学方面的人文素养，这很重要。

邹碧华反复思考着教授说的话，他告诉自己，在学好专业课的同时，也要注重全面发展，不能死读书、读死书。

邹碧华博览群书，他如饥似渴地阅读着北大图书馆的藏书。这里的很多藏书都非常珍贵，在别的地方是难以找到的。除此之外，他还看了大量的优秀中外电影。在文化素养得到提升的同时，他也悟到了很多东西，这些都为他将来的职业发展奠定了良好的精神基础。

假期到了，邹碧华用从餐费中省下的钱，提前给家里人买了礼物。

给外婆的，是一顶帽子和一个小小的穿针器。外婆年纪大了，越来越怕冷；常年做针线活儿，外婆的眼睛花得厉害，穿针也越来越困难。

给妈妈的，是一条红色丝巾。邹碧华记得有一次跟妈妈一起去舅舅家参加表哥的婚礼，妈妈很是喜欢姨妈从城里买的一条红色丝巾。妈妈当时虽然没说什么，但邹碧华看到了她不时瞅向那条丝巾的目光中带着的期盼。

给爸爸买了一本油画作品集。集子里的每一幅油画，都是世界顶尖级画家的作品。这样的作品集，不用说在县城，就是在省城的书店里，恐怕也难以找得到。

给两个弟弟买了好看的铅笔盒和自动笔。邹碧华在老家读书的时候，从没见过自动笔。他知道，两个弟弟肯定也没见过。

给以前的班主任刘老师的，是一本新诗集。

邹碧华把买来的东西放在书包里，每每看到这些东西，他就感觉像看到了家乡的亲人。

相约北京

老师恩，同学情，一直深藏在邹碧华的心里。邹碧华经常给刘屏山老师、罗运虎老师和好友帅圣极、贺虹他们写信，与师友们保持着紧密联系。

暑假，邹碧华专程去了一趟他曾参加集训的那个山区小镇。邹碧华到来的消息传得很快，很多校友都闻讯赶来看他。

集训队老师特别高兴。邹碧华是从他们集训队走出的大学生，而且还考上了北京大学，他们为邹碧华感到骄傲。

"哪个家长怕自家孩子参加集训耽误了功课考不上大学，老师就拿你做例子。"同学对邹碧华说。

"是啊,老师经常跟家长说,看看邹碧华,在咱集训队训练,体育成绩好,学习成绩不也一样好!"

邹碧华被说得有些不好意思了。

集训时训练、吃饭、睡觉、洗澡等的地方,邹碧华都仔细看了一遍,每一处,都留下了他无数的脚印,洒下过他数不尽的汗水。看着小镇上熟悉的一切,邹碧华感慨万千,他庆幸自己咬牙坚持了下来。

邹碧华每次暑假回来,外婆都拉着他的手,上上下下看个不停,边看边用手比画着对邹碧华"说":"还是那么瘦,多吃点。"

邹碧华也用手比画着告诉外婆:"一点儿都不瘦,可能吃了。"他拿起外婆的手,让外婆捏他的手臂。

外婆比画着告诉邹碧华:"硬得像块铁。"

外婆和邹碧华都笑了。

外婆年纪大了,却还是闲不住。她总是能找到家里需要缝补的小衣服,一针一线地缝补好。邹碧华坐在外婆身边,等外婆缝完一根线,邹碧华就拿过外婆手里的针,替她把线穿上。外婆虽然不能说话,但每当邹碧华坐在她身边,她就快乐得像个孩子。她会不时地从针线上抬起头,微笑着看看邹碧华,或者,伸手摸摸他的头。在外婆眼里,她的碧华永远是那个牵着她衣襟的小男孩。

邹碧华还帮妈妈做饭、打扫卫生;帮两个弟弟辅导作业,带他们出去玩;帮爸爸整理画作,兴致来了,邹碧华也会画上一幅。爸爸看着邹碧华的画,一边点评,一边欣慰地点头。随着阅历的增加和知识的积累,邹碧华的画有了很大进步。

邹碧华去看望老师、同学,跟他们一起聊天、打球、爬山……

每个假期,邹碧华都排得满满当当。到了晚上,他才有时间看书、学习。

请好友帅圣极来北大的事,邹碧华一直记着。大三那年暑假前,他给帅圣极写了信,请他来北大玩。

考入师范专科的帅圣极,此时已毕业。接到邹碧华的信后,帅圣极坐上了北上的火车。

好友在北大相见,两个人都特别高兴。

第一次迈进北大校门的帅圣极，百感交集。

邹碧华先带帅圣极游览了北大校园，又带他去了天安门、故宫、颐和园、天坛、圆明园、长城……他们一刻不停地在外边跑，好友相聚的兴奋和快乐，让他们忘了时间。

五天过去了，帅圣极要回江西了。邹碧华和帅圣极准备提前买火车票，可等他们把口袋里的钱全掏出来后，望着桌上的那几张纸币，他们一时傻了眼。

所有的钱加起来，不足十元。

这点钱，要买回江西的火车票根本就不够呀！

怎么办？

第二天下午，邹碧华从外边兴冲冲地跑进来，把八张十元面值的纸币塞到了正发愁的帅圣极手上。

在当时，八十元钱可算是巨款了。

"碧华，你哪来的这么多钱？"帅圣极抬头看看邹碧华，又低头看看手里的钱，不解地问。

"你就别管了，反正不是偷来的。"邹碧华呵呵笑着，对帅圣极做了个鬼脸。

在帅圣极的一再追问下，邹碧华最终道出了实情。原来，为了给帅圣极凑路费，他贴出广告，把自己的自行车卖掉了，卖了八十元钱。

帅圣极非常感动。他知道，自行车是邹碧华日常的代步工具，没了自行车，生活会十分不方便。

"没事。你忘了，我可是运动员呢！"邹碧华安慰帅圣极道。

也是这年暑假，邹碧华在刘屏山老师的来信中得知，老师要去老家参加母校的活动。

邹碧华即刻给老师回信，邀请他回程时顺路来北京玩几天。

刘老师的一双儿女听说爸爸要去北京，他们也都吵着要去看天安门。刘老师参加完母校的活动后，带着妻儿，一家四口，来到了北京。

见到自己的恩师，邹碧华心里别提有多高兴了。高中时，刘老师给予了邹碧华很多鼓励、指导和帮助。邹碧华记得，那时自己常常跑到刘老师家，请教各种问题，请老师给他"加餐"出作文题，并给他批改。

刘老师的老伴也是老师，她很喜欢这个勤学好问的孩子。邹碧华每次去找刘老师,她都热情接待,有时遇到饭点了,就非要邹碧华在她家一起吃饭。

这一次北京之行,邹碧华像照顾家人一样照顾着刘老师和他的爱人、孩子,这让刘老师和爱人觉得既温暖又感动。

从北京到上海

四年的大学生活转瞬即逝,毕业时间就要到了。

对邹碧华和唐海琳这对恋人来说,他们做出选择的时候也到了。正常情况下,邹碧华会回到他的户籍所在省份江西,而唐海琳会回到上海。

可是,热恋中的邹碧华和唐海琳,怎么可能选择分居两地呢?

"我们一起留在北京吧?"邹碧华深情地看着唐海琳,征求她的意见。

唐海琳望着面前的恋人,心情有些复杂。一边是她深爱的爸爸妈妈,另一边是她深爱的恋人,哪一边她都无法舍弃。可任何事都难两全,思考再三后，唐海琳对邹碧华点了点头。

决定一旦做出，唐海琳和邹碧华心里一直悬着的那块石头终于落了地。两个人又能在一起了，这对一对深爱着对方的恋人来说，是一件多么幸福快乐的事啊！

邹碧华和唐海琳一起为求职忙碌起来，很快，邹碧华被一家报社录用为记者，唐海琳也很顺利地被建设银行总行录用。毕业典礼结束后，他们就可以到各自的单位正式上班了！

为了祝贺即将开始的新生活，邹碧华提议去吃顿大餐。唐海琳微笑着，点了点头。

回到学校，唐海琳给妈妈打了电话，把自己想和邹碧华一起在北京工作的事告诉了妈妈。

让唐海琳没想到的是，妈妈坚决不同意唐海琳留在北京。

妈妈说："海琳，爸爸妈妈年纪大了，不希望你一个人留在外地。"

唐海琳试图说服妈妈，她说："妈妈，我不是一个人，我还有邹碧华。"

唐海琳还说："妈妈，往后交通越来越便捷，北京和上海，来去很方便的。"

但不论唐海琳怎么讲，爸爸妈妈就是不同意她留在北京。

唐海琳从小就是爸爸妈妈的"乖乖女"，爸爸妈妈的意见，她无法不听。可是，她与邹碧华彼此深爱。没有邹碧华的日子，她无法想象。

唐海琳陷入了深深的痛苦之中。爸爸妈妈的意见，她不知该怎样跟邹碧华讲。

邹碧华发现唐海琳情绪不对，一开始他以为唐海琳是身体不舒服，或在为毕业论文的事发愁。邹碧华每次问唐海琳遇到了什么事不开心，唐海琳都轻轻摇摇头，她实在不想把爸爸妈妈的话讲给邹碧华听，怕伤到深爱她的恋人。

随着毕业时间临近，唐海琳的心理压力也越来越大。终于，在邹碧华又一次问她为什么不开心的时候，唐海琳哭了。她把爸爸妈妈的意见告诉了邹碧华。

"没事没事，咱们再想办法。"看到唐海琳流泪，邹碧华心里很难受，他心疼地安慰着唐海琳。

邹碧华知道，这些日子，唐海琳为了减轻他的压力，一个人默默承受了太多。在内心深处，他无比爱这个看似柔弱的女孩。作为男人，他知道自己应该为深爱的人遮风挡雨，而不是给她增添痛苦。

邹碧华做出了一个决定。

"我理解两位老人。"邹碧华对唐海琳说，"我跟你一起回上海。"

"真的？"脸上挂着泪珠的唐海琳，盯着邹碧华的眼睛问。

"真的！"邹碧华看着唐海琳的眼睛，坚定地说。

短短的一个学期过后，邹碧华和唐海琳就要毕业了。同学们都在忙着实习，忙着找工作。

邹碧华和唐海琳一起去了上海。

邹碧华借住在一所大学的学生公寓里，开始了他在上海艰难的求职历程。

晚上，他一份份抄写着简历。白天，他就按招聘广告上的地址，一家一家地去敲招聘单位的门，递上自己的简历。

投出去的简历，都如石沉大海般没有任何消息，但有爱情做支撑，邹碧华并不气馁。每天，他几乎都在重复着同样的工作：写简历、看信息、投简历。二十一岁的邹碧华，就这样不停地写着，跑着，不厌其烦地重复着。

邹碧华坚信，只要努力付出，就会有结果。暂时的失败打不倒他，他能爬起来，继续跑。他想到了高中时的一次1500米赛跑，一开始他处于领先地位，但跑到800米左右的时候，不知为什么脚下一滑，他摔倒了。这时，第二名趁机超过了他。但邹碧华丝毫没有犹豫，他奋起直追。终点的那条红线，最终被邹碧华率先冲过。

功夫不负有心人，终于，在邹碧华投出了六十多份亲手写的简历后，有三家单位给邹碧华回了函，其中一家是银行。

邹碧华跟唐海琳商量后，决定到那家银行去参加面试。他想跟唐海琳在同一个系统工作，这样以后交流起来，能有更多共同语言，两人也能相互帮助，共同提高。

邹碧华满怀信心去银行参加面试，但让他没想到的是，刚到了面试点，却被告知那个岗位已无空缺。

另外的两家单位，一个是冰箱厂，另一个是法院。邹碧华选择了后者。

这次求职经历，让邹碧华刻骨铭心。各种波折，各种苦辣酸甜，都是他以往不曾经历过的。好在，他没有退缩，咬牙坚持了下来。终于，他迎来了曙光。

邹碧华的录用信息，很快传送到了北大。

面对这份来之不易的工作，邹碧华格外珍惜。

在北大与建设银行的协调下，唐海琳从建设银行北京总行调到了建设银行上海分行。

邹碧华和唐海琳这对深深相爱的恋人，通过不懈的努力，终于又能在一起了。

第一次开庭

邹碧华踏进了上海市高级人民法院的大门。上海市福州路209号这座乔治亚式建筑风格的大楼,将成为他工作的地方。

邹碧华第一时间打电话把入职法院的消息告诉了爸爸妈妈和刘屏山老师,他要让一直关心他的亲人和老师放心,他在上海有了一份稳定的工作。

家里人都为邹碧华高兴。邹碧华在心里暗暗发誓,一定要做一个好法官,一个公平、正义、有良心的法官。

经过短暂的岗前培训后,邹碧华和新任职的同事一起,被派到基层法院实习锻炼一年。邹碧华被安排到虹口区人民法院,成为经济审判庭的一名书记员。

第一次开庭前,邹碧华仔细翻阅了卷宗,把整个案件情况和双方当事人的姓名都熟记在了脑海中。其实那个案件并不复杂,是一件经济庭常见的借贷纠纷案。

当时法院还没有电脑,书记员是用纸和笔来做记录的。

开庭前,邹碧华拿着准备好的纸笔坐在书记员的位置上。

邹碧华觉得,凭他的语文成绩和写字速度,做法庭的书记员,实在是一件太轻松的事。

但让邹碧华没想到的是,他参加的第一次开庭,却一点儿也不轻松。那天的庭审,他头上、脸上的汗水就没断过。

原来,原告和被告都是老上海人,他们回答法官问题时,都习惯用上海话。这可难住了邹碧华。笔拿在手里,他却迟迟无法落到纸上,因为他根本听不明白原告和被告到底说了些什么。

审判长看出了邹碧华的尴尬,他提醒双方当事人:"法庭上要用普通话。"

可原告和被告刚说了两句带着上海腔的普通

话，遇到争议时，一着急就又不自觉地变成了上海话。

如此纯正的上海话，邹碧华还是第一次接触。盯着原告和被告不停地说着什么的嘴巴，邹碧华恍惚觉得，从他们嘴巴里吐出的，是自己从未接触过的一种外语。

唐海琳虽是上海人，但她在学校时一直讲纯正的普通话，邹碧华从唐海琳那里没学到上海话。他来上海的时间短，接触到的人大多是单位工作人员，他们的普通话虽然不是很标准，但还是比较容易听清的。

第一次庭审，邹碧华大受打击。他下定决心，一定要学好上海话，即使说不好，也一定要听得清楚。

邹碧华说干就干。

白天，只要不开庭，邹碧华在办公室就缠着同事教他说上海话。

到了晚上，他就收听上海话的广播。刚开始时，他听不懂广播里在说什么，但他坚持每天都听，边听边琢磨。

邹碧华还找了一位上海话说得很好的朋友，天天晚上让朋友听他用上海话读报纸。他读一句，让朋友帮他纠正一句。难读的字和句，他就用拼音、英语或汉字做上标注，并反复练习。

到了周末，邹碧华就跑到菜市场或公园，专找年纪大的叔叔阿姨们聊天。他们的上海话发音，更有一番特别的味道。

一开始的时候，邹碧华的上海话发音，常常让同事和朋友笑喷。但渐渐地，邹碧华的上海话发音越来越纯正。短短半年时间，邹碧华就能说一口流利的上海话了。

再开庭的时候，不管双方当事人说普通话还是上海方言，邹碧华都能轻松自如地记录下来。庭审结束后双方当事人核对笔录签字，没有哪个当事人对书记员的记录提出过异议。

同事对邹碧华说："只闻其声不见其人，还以为你是一个老上海呢。"

邹碧华笑着，谦虚地摆摆手。

"侬来赛额呀！（上海话：你行呀！）"朋友对邹碧华竖起了大拇指。

"勿来赛，勿来赛，师傅结棍！（上海话：不行，不行，师傅厉害！）"邹碧华笑着对朋友说。

跟邹碧华一起下基层的新同事，对他这么快就把上海话学得如此流畅感到十分惊讶，纷纷跑来向他取经，请他谈经验。

"哪有什么经验啊？"邹碧华对同事说道。

"怎么可能没经验？是不想外传吧？"

"不能私藏。把经验讲出来，我们也想学好上海话。"

"对，我们不想被人骂了，听不懂上海话还以为是在被人家夸呢。"

在同事的起哄声中，邹碧华微笑着问大家："真想听？"

"不想听我们来这儿干什么？"

"想听想听。"

"快讲，我们可等急了。"

"好。我的经验有三条。"邹碧华装出一副很认真很严肃的样子，"第一条呢，我想问各位，你们真想学好上海话吗？"

"真想学，真想。"

"那还用问？"

"不是真想学，会来向你请教？"

"第二条，你们努力去学了吗？"邹碧华的目光在每个人脸上扫过,"请认真思考后回答。"

"努力了呀!可感觉比学外语还难!"

"一直在努力,就是不进步。"

"想努力,可有一种有劲使不上的感觉。"

"这说明,努力得还不够!"邹碧华说完,就不再说什么了。

"第三条呢?"众人异口同声地问。

他们期待中的第三条,也许是学好上海话的真正秘诀吧!

"把第一、第二做到极致。第三条是——"邹碧华故意拖长了音,在众同事期盼的目光中,他有些调皮地说,"第三条是:没了。"

"没了?"

"'没了'是个啥?"

"是啊,'没了'是个啥?"

同事们面面相觑,他们有些不解。后来,他们慢慢琢磨出了邹碧华的意思,也越来越觉得邹碧华说得有道理。

熟悉邹碧华的人都知道,这看似轻描淡写的一句话背后,是邹碧华一贯的努力、拼搏与坚持。

有目标就快乐

在虹口区人民法院经济庭参加了几次庭审后,邹碧华静下来,对自己的新工作进行了全面、认真、细致的思考。他分析了自己目前在工作中的优势和劣势。

邹碧华认为,自己的优势在理论方面,劣势在实践方面,这与庭里的法官不同。庭里的法官大部分是从部队转业过来的,他们通过培训和实战的磨炼,很快便成长为一名庭审法官。对相关理论,他们研究得不是特别精深,但在对案件的处理上,他们却能灵活应变,对那个"度"把握得很准,以至于双方当事人都能接受处理结果。面对不同的当事人,他们还能采用不同的审判方式给出处理意见,实践经验非常丰富。

在虹口区人民法院经济庭接触了不少各类案件以后，邹碧华清楚地意识到，真要让自己去独当一面，开庭审理案件，把书本上学到的理论知识灵活地运用到实践中，还需要走一段很长的路。

邹碧华要尽力缩短与实战工作经验丰富的老法官的距离，扬长避短。

邹碧华开始学写判决书。

写判决书看似简单，其实是个技术活儿，只有厚实的理论基础和好的文笔远远不够，严密的逻辑思维能力、清晰的阐述能力一样都不能缺少。如果把某一项单独拿出来，对邹碧华来说，都不是他的弱项，但把这几种能力综合运用起来，写一份判决书，对他却是一种从未有过的考验。

同事下班走了，邹碧华还在办公室里琢磨着怎样把判决书写好。他把自己写好的判决书拿给庭里的老法官们看，请他们提意见后，再反复修改。

正是凭着这一股韧劲和不怕失败的精神，邹碧华很快把判决书写得很漂亮，受到了庭里老法官们的称赞。

一年实习期满，邹碧华离开虹口区人民法院，回到上海市高级人民法院经济庭。对未来的工作，他充满期待。

上海市高级人民法院经济庭，一直处于全国法院经济审判条线的前列，很多有名的大案、要案、新案，都是在这里审判的。

邹碧华清楚，在这样一个庭工作，对自己这种职场新人来说，压力肯定无处不在。但也正因为有压力，才能给自己多一些学习的动力。

参加庭审向老法官现场学习，是一条进步的途径。但邹碧华觉得，仅凭开庭时的学习，进步太慢了。邹碧华想更快地成为一名合格的法官，一名无论遇到什么案件都能处理得得心应手的好法官。

怎样才能让自己在业务处理上更快地成熟起来呢？这个问题，让邹碧华陷入了思考。最终，在多种方案中，邹碧华选择了一种看似最"笨"但最有效的方法。

邹碧华跑到档案室，把近年来经济庭的卷宗都借了来，他要一份份仔细阅读、分析、思考。

邹碧华知道，那一卷卷卷宗中，沉淀着老法官

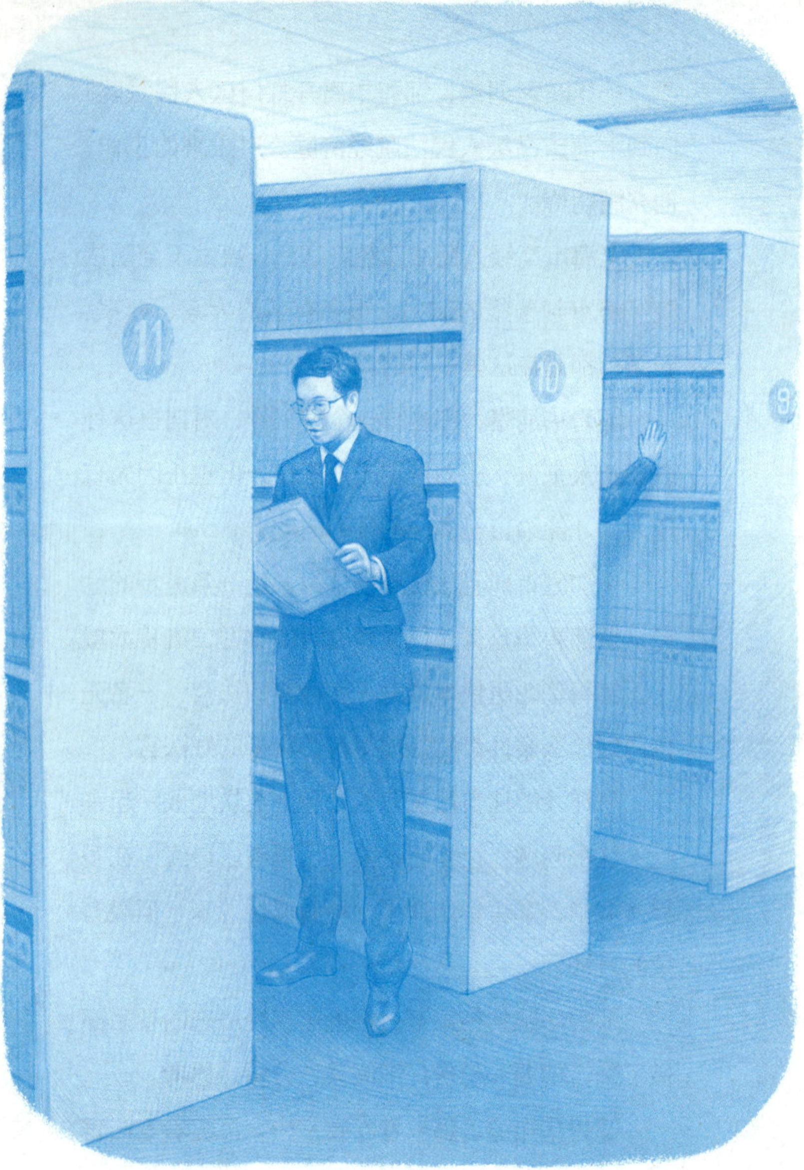
11
10
9

们的办案精华。他细读完一份卷宗,差不多就等同于参加了一次开庭。法官们面对不同当事人,时而温和,时而犀利,时而一针见血,时而暗藏锋芒。那些充满智慧的问话技巧,一一展现在邹碧华眼前,让他从中学到了很多书本上无法学到的东西。

那一卷卷厚厚的卷宗,成为那个阶段邹碧华的主攻目标。同事下班走了,他抱着它们认真拜读。对自己有启发的地方,他就仔细抄写下来,抄了厚厚一大本,毫不觉累。

对邹碧华来说,每当他确立一个主攻目标,他就会与这个目标成为"好友",然后一起愉快前行。

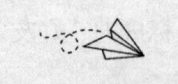

又不是纸糊的

邹碧华到上海市高级人民法院工作之初,正是我国经济快速转型时期,各种以前从未遇到的新奇案件大量涌来。

为了让经济庭的法官们在判案时能以更宏大的视角去认识问题并发挥好审判职能,做到法律效果和社会效果统一,更好地助力上海的经济建设和改革开放,上海市高级人民法院领导决定,召开全市法院经济审判工作会议。上海市高级人民法院分管经济庭的李国光院长把这次会议材料的撰写工作交给了邹碧华。

材料中的司法统计分析,是一件耗时费力又费脑的工作,对撰写者具有很强的挑战性。一贯不惧艰难的邹碧华，愉快地接受了这项任务。

李国光院长对邹碧华交代了许多要求，他要求这个材料要有当年度和上一年度全市法院经济案件中二审改判、维持原判的情况，包括两个年度的数据分析、案例分析，还要把类案的特点总结好，分析造成案件改判的原因；不能纯理论式的假大空，要从各类案件中辩证地发现问题、分析问题，真正做到把法学理论与司法实践相结合。

李国光院长也是北大法律系毕业的高才生，理论与实践水平都很高。邹碧华对这位领导兼学长的学识、能力都非常佩服。

李院长能点名让自己写这么重要的材料，这让邹碧华无比兴奋，同时他又感到了肩上担子的沉重。

邹碧华到档案室借来这两年的判决书，埋头苦读起来。他知道，只有先熟悉典型案例，才能更好地去做下一步的工作。

读完厚厚一大摞判决书后，邹碧华把挑选出的重点案件又重新进行了研读，然后再分类整理。

看着判决书上的案例，邹碧华深深地感到了自己审判经验的缺乏。那些看似简单的案件，实际审判起来非常复杂，不经意处就藏着很多常人想不到的东西。

邹碧华把那些重点案例读熟吃透后，开始对比、分析，然后准备构思起草。

一稿、两稿、三稿，改完后每读一遍，邹碧华都觉得有需要再修改的地方，或者是对问题分析得不够到位，或者是对案件的描述不够精准，或者是个别字句还需斟酌。邹碧华待在宿舍里一遍又一遍修改，忘记了睡觉，忘记了吃饭。

那天唐海琳来找邹碧华，门里那个人的样子，把她吓了一跳。

"你怎么了，碧华？"唐海琳担心地望着眼前的邹碧华。

"没怎么呀！"邹碧华一时有些不明白唐海琳的意思。

"你不是病了吧？怎么成了这个样子呀？"唐海琳打量着邹碧华。

邹碧华对唐海琳摇了摇头："我好好的呀！我在写全市经济审判工作会议的材料。"

唐海琳终于明白是怎么回事了，她拉起邹碧华的胳膊，不由分说把他拽到宿舍的一面小镜子跟前。

看到镜子里的自己，邹碧华才想起，这近一周时间，他没刮过一次胡子，也没洗过一次澡。

"对不起，我……我不知道你今天来。等我五分钟，本人立马变回帅哥！"邹碧华对唐海琳调皮地笑笑，忙去刷牙、洗脸、刮胡子。

唐海琳又好气又好笑，对邹碧华说："跟健康比起来，这些都不重要。"

正在刮胡子的邹碧华，抬手用力拍拍胸膛："5000米长跑第二名呢！又不是纸糊的，哪那么容易坏?!"

唐海琳忍不住笑了。她知道，邹碧华每做一件事的时候，都会一心一意去做。比如这次，面前的邹碧华，简直像极了一个戴着眼镜整天趴在办公室一动不动的"书虫"。一旦这件事完成，邹碧华马上就会变回那个活泼好动、爱玩又有点调皮的大男生，那个喜欢跑步、打球、做操、画画，喜欢与同事朋友嘻嘻哈哈笑闹成一片，有时甚至还会来点小小恶作剧的邹碧华。

在李国光院长要求的两周时间内,邹碧华把会议材料前前后后改了五遍,直到再也找不到可以改的地方,他才把材料按时交到了李国光院长手上。

全市经济审判工作会议如期召开,邹碧华写的材料,获得了与会者的一致好评。李国光院长也对邹碧华提出了表扬。

自那次会议之后,经济庭的材料,庭长都交由邹碧华来写。

大家都知道,写材料是个"好人不愿干,赖人干不了"的费力不讨好的活儿。法庭的材料尤其不好写,庭里从前写材料的女同事,经常熬夜赶材料,累得直哭。

邹碧华看在眼里,很同情这位女同事,但同时他也觉得这是锻炼自己的机会,心里还有点小小的激动。写材料虽然又苦又累又要熬夜,但这些对邹碧华来说,实在都不叫事。邹碧华知道领导对自己充满信任,他不能辜负这份信任。每次有什么材料需要写,邹碧华眉头都不皱一下,就欣然接受了。

让一个书记员写材料,这在当时的上海市高级人民法院，还是从未有过的事。

　　院里有什么大活动，需要写材料时，也常常把邹碧华抽调过去。每一次，他都尽心尽力，不怕一摞摞地查阅资料，不怕接连几天地熬夜，也不怕一遍遍地修改。每一次，直到改到自己再也找不出问题了，他才交给领导，请他们再提意见。对领导提出的意见，他认真思考，从中找出自己之前尚未意识到的一些东西。

　　邹碧华觉得，通过撰写这些材料，他更系统地熟悉了法院的工作，也更快地得到了成长。

他为什么总是面壁

邹碧华和唐海琳结束了多年的爱情长跑,在上海登记结婚了。一对相爱的恋人,终于幸福地走到了一起。

就在他们筹办婚礼的时候,传来消息,最高人民法院法官培训中心即将委托北大和人大法学院,举办高级法官预备班培训,时间为一年。

是报名参加还是放弃?邹碧华心里有些矛盾。

如果不报名,对于如此难得的机会,他实在不想放弃。随着工作的不断深入,邹碧华越来越觉得,自己需要学习的新东西实在太多。他不想躺在北大的毕业证上混日子。他知道,如果不学习不进取,早晚会被社会淘汰。

报名参考，如果真考上了，他跟新婚的爱妻将要分居两地。

距离考试不到一个月，其中还有个春节。怎么办？考还是不考？邹碧华一时陷入两难境地。

细心的唐海琳发现了丈夫情绪上的异样。当她得知邹碧华的想法后，选择了理解和支持。唐海琳对邹碧华说："咱们现在年轻，正是学知识的时候，这么好的机会，你应该去搏一搏。"

想要参加这次培训，要先通过全国英语选拔考试。得到爱妻支持的邹碧华，投入到了紧张的备考中。

得益于扎实的英语基础，再加上工作后邹碧华始终也没有放弃对英语的学习，虽然复习时间很短，他却考出了不错的成绩。

关于邹碧华每天学英语的事，庭里还流传着一则笑话。

经济庭有一位大姐，有一天突然悄悄问大家："我们庭的邹碧华，他为什么总是面壁呢？是在练什么功夫吗？"

看到大姐有些神秘的样子，庭里的同事轰的一声笑了。

"真的,从他宿舍门前路过,我见到好几次了。"大姐接着说。

"什么面壁呀,他那是在背英语单词呢!"同事笑着解释道。

"邹碧华英语都好到整天读原版书了,还背单词?"大姐依然是满脸的不解。

顺利通过考试,再次以学生身份走进北大,面对熟悉的一切,邹碧华心中感慨万千。

邹碧华依然是初入北大读书时的样子,读书、运动、听讲座,不厌其烦地解答同学的各种问题,包括哪个餐厅的饭最好吃、周边哪里最好玩、去某个地方坐几路车等生活小问题,大家也都喜欢找邹碧华这个"老北大"问这些事。身为班长的邹碧华,俨然成了他们生活上的"老大哥"。

"老大哥"也常常会露出他调皮的"本来面目"。宿舍里的"卧谈会"上,邹碧华依然是主角,即使"辩"偏了,也要辩下去,不认输。

有时被室友抓到漏洞:"邹碧华,你确信刚才讲得对吗？"

"哈哈，我知道不对，可既然辩了，就要和你辩到底！"邹碧华哈哈大笑起来，此时的他，就像个有点淘气的大男孩。

"认打还是认罚？"室友继续穷追不舍。

"好好好，我请大家去搓一顿。"邹碧华笑着跳下床，冲室友们一挥手，他们就一起笑闹着，朝校门奔去。

一年的学习时间转瞬即逝，结业进入倒计时。但读的书越多，邹碧华越觉得不够用。此时，一个想法在他脑海中闪过：考北大的研究生。

邹碧华趁周末回上海时，跟妻子唐海琳谈了自己想考研的想法。

对邹碧华这个决定，唐海琳依然表示了支持。这将近一年的时间，她一直算着邹碧华归来的日子，盼望两个人能真正团聚在一起，可同时她也清楚丈夫对知识的渴望。

依据单位领导的要求，邹碧华报考了北大国际经济法专业的研究生。这个专业是北大热门专业之一，当年报考这个专业的有三百多人，录取名额却只有一名，竞争非常激烈。

邹碧华即刻买了回学校的车票。他在火车上列出了详细的复习计划和日程安排。回到学校，他马上投入到紧张的复习备考中。

每天早晨六点前准时赶到图书馆学习，中午在学校食堂简单吃点饭，或者边看书边吃带来的面包，直到晚上十二点，邹碧华才回宿舍。

随着考试时间的临近，邹碧华看书的时间延长到了凌晨三四点。有时实在太困，他就回到宿舍，倒头睡上两三个小时，起床后，又精神饱满地继续学习。

考完试那天，走出考场，已是中午，深深的困意朝邹碧华袭来。回到宿舍，他把自己扔到床上，就睡了过去。

邹碧华一觉醒来，宿舍里静悄悄的，抬头看看门外，是朦胧的月色。邹碧华的肚子咕咕叫起来，他拿上饭盒，朝食堂奔去。

食堂里的电视正在播放《新闻联播》，听着播音员报出的日期，邹碧华一下子蒙了。

原来，此时已是他考完试之后的第二天晚上。

他提前买好的回上海的火车票,也已过期。

邹碧华最终如愿考入他的母校,成为国际经济法专业的研究生。

北大研究生三年的学习,让邹碧华在学术和思想上都有了非常大的进步,让他对法律上的诸多疑难问题,有了勇气去面对。对任何学术思想权威,他也都充满挑战精神。这也为他之后的司法改革之路,奠定了坚实的基础。

三年,北京与上海之间的火车,邹碧华不知往返了多少趟。只要周末学校没什么大活动,邹碧华都会在周五晚上回上海,周日晚上再回北京。火车上那面小桌,成了邹碧华的第二张书桌。很多书,他都是在等火车和坐火车时看完的。

随着研究生毕业的临近,一个想法在邹碧华脑海中渐渐形成,那便是考博,朝着法律的更高峰攀登。

此时,邹碧华和唐海琳已经有了一个可爱的儿子。邹碧华觉得愧对妻子和儿子。作为单位的中层领导,唐海琳工作非常繁忙。儿子邹逸风刚刚三岁，也正是成长的关键时期。这个家需要他。

可如果放弃参加博士考试，邹碧华觉得自己就像悬在半空中一样，上不着天下不着地。他想趁自己年轻，再努力往上攀登一步。

唐海琳实在不愿邹碧华再一次离开上海，离开这个家。他们结婚四年，邹碧华在北京待了四年，这种两地分居的日子，唐海琳实在过够了。儿子出生后，家里的事情越来越多，邹碧华不在家，她一个人实在疲于应对。

但她同时又非常理解丈夫的心情，唐海琳咬咬牙再一次同意了邹碧华北上求学的决定。

邹碧华非常感激妻子，他暗下决心，一定要好好学习，不辜负妻子的付出和单位领导的支持。

邹碧华带着亲人的嘱托和领导的期望，再次踏入了北大校门。

我是你哥呀

邹碧华的小弟弟邹俊华，在本省的一所艺术中专毕业后，被分配到奉新县文化馆工作。

邹俊华受爸爸的影响，从小耳濡目染，也喜欢绘画。之所以初中毕业后就进入一所中专学校读书，并非他学习不好，而是爸爸的一次失误导致的。为此事，爸爸一直很后悔，觉得对不起小儿子。

那年邹俊华初中即将毕业，省内一所艺术中专来招生，爸爸觉得这是让俊华积累一下考试经验的好机会，就稀里糊涂给他报了名，结果真被录取了。俊华想读高中、考大学，可当时的政策是，被中专学校录取，就要去报到。俊华再想读高中，也已不可能。

邹俊华是个懂事的孩子,他虽然对命运的这次捉弄很是不甘,但他从没有埋怨过爸爸。他知道爸爸也是为他好,只是爸爸没吃透招生政策,就匆忙给他报了名。

每当爸爸为此事露出自责的表情时,邹俊华就安慰爸爸说:"以后有机会,我再考就是了,不在这一回。"

爸爸也知道,即使再考,也不是第一学历了。可除此之外,又有什么办法呢?就是再考的机会,也不是想有就能有的,而且邹俊华文化课底子相对比较薄,就是有参加考试的机会,他能不能考得过,也是个未知数。

邹俊华在文化馆工作的时候,机会还是来了。他得知北京一家艺术类培训中心正在招生,便心动了。

邹碧华知道小弟弟的心思:俊华一直为没能进入更高学府深造而感到遗憾,这次机会来了,一定要抓住。

爸爸更是激动,鼓励邹俊华去考。

邹俊华来到了北京，参加为期一年的培训。

邹碧华对这个小弟弟一直特别疼爱，现在两人到了同一座城市，邹碧华对弟弟的关心，更是如父亲般细致。生活、学习的方方面面，他都替弟弟考虑到了。

邹碧华带着一大包衣物、书籍和吃的去看弟弟。见弟弟床上是衣服包起来的"枕头"，他立马拉着弟弟去了学校附近的一家商场。除枕头外，他又帮弟弟买了一大堆生活用品。

"够了，哥，太多了！以后我自己买就行。"邹俊华试图拦着哥哥，让他不要再买了。

"这些东西一年内过不了期。"邹碧华指着袋子里的洗发水、牙膏、沐浴露等东西，"往后学习紧张了，哪有时间常来商场？"

到宿舍放下东西，邹碧华带弟弟去吃火锅，他知道弟弟一直喜欢吃火锅。

"俊华，一年时间看似很长，其实也不长。好机会不可能总是有。"邹碧华一边往弟弟碗里夹肉，一边说。

"哥，我知道。我肯定会好好学。"俊华说。

"在学好专业课的同时，文化课也不能耽误。我知道你英语基础差，给你找了个老师。往后每到周末，你就去北大学英语。"

"哥，在北大找课外老师，肯定很贵吧？"邹俊华抬起头，看着哥哥。

"这你不用管，你只管好好学就行。"邹碧华给弟弟盘子里夹满菜，抬起头，看着弟弟，"钱要省着点花，不过吃饭不能省。往后每个月我转生活费给你。学习累了，就去操场上跑跑步、打打球。体育锻炼，能让你时刻精神饱满。"

对哥哥的要求，邹俊华都一一答应着。大哥在他心目中，一直是学习的榜样。

因为艺术中专当时没有英语课，所以弟弟现在学起来很吃力。邹碧华给他买了一台学习机，方便他随时听英语、背单词。三四个月后，邹俊华的英语学习慢慢跟上了。七八个月的时候，他的英语成绩已经是班里前几名了。

邹碧华的室友们对邹俊华也很照顾，帮他打水、买饭，看他学得太累了，就带他去运动场上玩一会儿，或陪他聊会儿天。

"你这个弟弟很乖,不像你,捣蛋包一个!"邹碧华的室友常这样打趣他。

邹碧华笑笑,很难得地没有去反驳。对室友的付出,他心存感激。

艺考时间到了,邹俊华决定先参加上海戏剧学院的专业考试,然后再参加南京和西安两所院校的考试。

"这是你飞上海的机票。"邹碧华把一张机票递到弟弟手上。

邹俊华愣了一下。坐飞机去上海,那要花多少钱呀!邹俊华本来是想跟同学一起买火车票的。艺考生参加考试时,一般都是又累又苦,卡着时间奔波在各大城市的艺考点之间。因为花费大,他们多是买火车的硬座票。

"这么多钱!你回上海,不都是坐火车的吗?"

"那不一样。我在火车上能看书也能睡觉,你不一定行。"邹碧华边帮弟弟收拾行李,边说,"你现在一分钟都耽误不得。"

"哥,你对我太好了!我同学可羡慕我了。"邹俊华抬起头,望着邹碧华说,"哥,你咋对我这么好？"

邹碧华停下手里正在整理的书籍，举起一支笔，在弟弟手背上不轻不重地敲了一下："这还用问，我是你哥呀！"

弟弟对邹碧华笑了笑，没再说什么。哥哥对他的关爱，他都一一记在心中，并化作前进的动力。

一年的努力，结出了丰硕的果实。邹俊华如愿被上海戏剧学院录取，圆了他和家人的大学梦。

再聚燕园

北大，是邹碧华和唐海琳曾共同学习、生活了四年的地方。懵懂的爱，始于美丽的北大校园。两个人的恋情有甜蜜，有波折，最终有情人终成眷属。

博士毕业在即，邹碧华专程把唐海琳和儿子邹逸风接来北京。他和唐海琳要重新走一走初恋时一起走过的路，看一看更加美丽的北大校园景色，去吃当年想吃又舍不得吃的特色小吃。

热恋时的美好时光，重新回到眼前。

曾经甜蜜的两人世界，如今变成了温馨幸福的三口之家。看着在前边不停蹦蹦跳跳的儿子，邹碧华和唐海琳心中充满幸福。

未名湖畔，曾是邹碧华和唐海琳最爱的地方，漫步在美丽的未名湖畔，谈理想，聊学习，憧憬美好的未来。他们总是有说不完的话，两个人常常不知不觉一走就是几个小时。

"逸风，过来看这块写着字的石头。"邹碧华追上儿子，牵着他的小手，来到写着"未名湖"三个字的石头跟前，他指着上面的字告诉儿子，"这个名字，是一位叫钱穆的爷爷起的。"

"我知道了，爸爸，是钱穆爷爷起的。"邹逸风仰起小脸，看着爸爸，认真地说。

邹碧华和唐海琳看着儿子可爱的小脸，都笑了。

邹碧华又指着未名湖中的翻尾石鱼雕塑，说："这块石头原来不在这里。"

不等邹碧华说完，邹逸风就抢着问："它原来在哪里呀，爸爸？"

"在圆明园西洋楼前的喷水池中央。"邹碧华蹲在儿子面前，父子俩脸对着脸。

"那是谁把它拿过来的？"不等邹碧华回答，儿子又说，"噢，我知道了，它是飞过来的。"

邹逸风张开双臂,在空中做出飞的样子,边"飞"边往前跑去。

"是爸爸妈妈的学长学姐们,把石头买了来,石头就飞过来了。"邹碧华也学着儿子的样子张开双臂,边"飞"边去追赶儿子。

校图书馆、博雅塔、办公楼、电教楼、西校门、校史馆、三角地的柿子林、西南门的银杏树、静园的草坪等,每一处,邹碧华和唐海琳当初都驻足过。循着爱的足迹,初恋时的甜蜜与现在的幸福,融在了一起。

邹碧华不时举起手中的相机,让爱妻和儿子的一个个瞬间定格。他也请学弟学妹们帮他们拍照,照片中或是一家三口,或是他与唐海琳,或是他与儿子,幸福与甜蜜,怎么都拍不够。

"该请个同学来跟拍。"邹碧华有些调皮地笑着对唐海琳说。

"跟拍?你不怕人家成'电灯泡'啊?"唐海琳笑着问邹碧华。

"也是哈。"邹碧华哈哈笑起来,"来,邹大摄影师给我最爱的两位小朋友拍一个。好,开始了,

一、二、三，茄子！"

一家三口笑成一团。

"爸爸，你抱妈妈不抱我！"

在邹碧华和唐海琳第一次约会散步的朗润园，邹碧华请一位路过的学弟给他们俩拍张照片。正在一旁玩耍的邹逸风噘起了小嘴。他扔掉手上正玩着的一片树叶，跑向爸爸妈妈，伸开双手让爸爸抱。

"看，知道吃醋了。"唐海琳悄声跟邹碧华说。

"妈妈，醋在哪里？我要吃。"邹逸风听到了妈妈的话，一双黑亮的眸子认真地望着她。

帮忙拍照的大男孩，一下子笑喷了。

邹碧华张开双臂，一手搂住爱妻，另一只手搂住了儿子。

宾馆里，玩了一天的儿子睡着了，嘴角眉梢，带着甜甜的笑。邹碧华盘腿坐在床上，目不转睛地盯着儿子，越看越想看。这几年，他只有到了周末才能匆忙返回上海。那两天，他陪儿子玩耍，喂他吃喝，给他换尿布。周日晚上，他又匆忙返回北京。

邹碧华知道，儿子出生后的这几年，既要忙工作还要带孩子的唐海琳吃了不少苦。每每想起,邹碧华都觉得欠了爱妻太多。

"看这睡姿!"唐海琳走过来,望着床上睡成一个"大"字的儿子,微笑着轻声跟邹碧华说。

"像他爹!"邹碧华笑着,拉唐海琳坐下。

唐海琳微笑着。

"海琳,辛苦了,谢谢你!"邹碧华伸开双臂,紧紧拥住爱妻,"我们一起,让儿子幸福快乐地长大。"

唐海琳用力点点头,满脸的幸福甜蜜。

曾经的苦与难、曾经的争执与抱怨,在充满爱的怀抱里,早已不知飞向何方。

司法改革的"燃灯者"

拿到博士学位后,邹碧华回到上海市高级人民法院经济庭工作。此时的法院办案量不断增长,每年超过二十万件,各种新问题层出不穷,调研指导工作成为法院迫在眉睫的任务。

邹碧华工作期间,不管是担任上海市高级人民法院审判员、研究室副主任,还是副庭长、庭长、副院长,他都没有放弃对司法体制的深入调研。邹碧华边工作,边对不断涌现出的疑难案件及当前司法制度中存在的一系列问题进行深入研究。工作之余,他写出了大量高水平的指导性调研报告,出版的《要件审判九步法》《法庭上的心理学》等书籍,在司法界产生了很大的影响。

在美国联邦司法中心访学的经历，让邹碧华对美国的司法制度、办事效率、工作态度等，有了新的认识，对他的思想也产生了很大的触动。在美期间，邹碧华专门研究了美国联邦法院内部职责分工及法官辅助人员配置方法。回国后，他写下了四万多字的考察报告。同时，他悉心研究司法公开制度，并写出了专题调研报告。在给年轻法官开讲座时，邹碧华的新视角、新观点，在司法界引起了很大反响。

借调到最高人民法院研究室，参与研究制定最高人民法院审判权力运行机制改革试点、司法公开平台建设改革试点等方案，使邹碧华的视野更加开阔。以往遇到的一些疑难问题，在新视角下审视时，邹碧华都有了不一样的答案。

邹碧华很喜欢一句话：活着，就是为了改变世界。他一直践行着这句话。

二〇一四年六月，上海被中央确定为全国首批司法体制改革试点地区之一。上海市司法改革试点工作将全面推开，并且要尽快为全国形成可复制、可推广的经验。

司法改革的"燃灯者"

作为上海市司法改革领导小组办公室主任的邹碧华，肩上的担子非常沉重。为尽快推进司法改革实施，邹碧华主持起草了《上海法院司法改革试点工作实施方案》，提出了构建"法律职业共同体"的设想，主持开发了上海律师诉讼服务平台和信访监控管理系统等。

邹碧华还对中国法官队伍现状进行了深入了解分析。邹碧华深知中国有自己的国情，对国外的那些现有经验不能照搬。他认为给予法官更多独立审判权是改革的大方向，但是一定要有一个切实可行并有效的监督机制。比如他在方案中设立主审法官联席会议和专业法官会议制度，以此发挥资深法官的作用，为疑难案件提供咨询意见。

邹碧华读的书多，可他不教条。"他熟悉西方法律，同时深受中国传统文化影响，坚守中国方法。"邹碧华借调到最高人民法院研究室时，曾与他一起工作过的最高人民法院司改办主任贺小荣说，"让先进的技术和理念为中国改革实际服务，这是邹碧华的智慧。"

司法改革是一场以培养优秀法官队伍为目的的

法官职业化改革，也是一场史无前例的改革。

人员怎么分类，员额法官比例占多少，如何对一位法官进行业绩的量化评价，法官助理如何晋升，主审法官的办案责任有哪些，如何完善审判委员会工作机制，如何建设打造上海市高级人民法院信息中心，等等，大量的问题，答案都是未知的。还有海量的演算、测算、分类、定位等一系列工作。

相比这些，人的思想则更加复杂、变化多样。邹碧华知道，任何的改革，都不会那么一帆风顺，都会触及某些人的利益。有同事劝邹碧华："悠着点，少得罪人。"

邹碧华说："改革，怎么可能不触及利益，怎么可能没有争议？对上，该争取时要争取；对下，必须要有担当。"邹碧华还说："一个人有信念，有信仰，什么事情都会过去的。"

邹碧华在长宁区法院时的同事周宜俊，深知他面对"硬骨头"时的自信，他说："我们完成一项任务，考虑的是困难在哪里，但邹碧华首先是看解决问题的意义在哪里。只要认定这件事有意义，他就有信心做下去。"

邹碧华常说的一句话是:"永远保持乐观向上的心态,永不抱怨,去做那些力所能及能够改变的事情。"

司法改革对邹碧华来说,正是一件"有意义的事"。

面对困难和压力,邹碧华毫不妥协。做事认真投入,敢于迎难而上,是邹碧华一贯的工作作风。

邹碧华的另一位同事余冬爱记得,听到基层司法工作人员发牢骚,邹碧华会用亲身经历引导大家向好的方向看。"他是一个没有负面情绪的人。"余冬爱说,"他有一种气场,让你跟他一样相信明天会更好。"

邹碧华曾对想过放弃的同行说:"哪儿有把船划到江心就弃桨投江的道理?走上这个岗位,就得承担起这个岗位的使命与责任。未来还会有年轻法官接过船桨,把司法改革事业推进下去。"

邹碧华说:"当你处于黑暗之中,看见一支蜡烛点亮,你会有什么感受?你会感觉到温暖,你会感觉到光明。为什么我们自己不能成为那根蜡烛,照亮别人的同时，照亮我们自己？"邹碧华就是这样，有多少光，发多少热。

作为上海司法改革的操盘手，邹碧华不计毁誉，敢于担当，坚定信念，勇于前行，甘当司法改革的"燃灯者"，将经历挫折、战胜困难看作改革者必须经历的修行。

追逐理想

在司法改革的道路上，邹碧华披荆斩棘，奋力前行，以异于常人的智慧、精力、精神和胆识，为司法改革的顺利前行开辟出了一条新路径，让更多的人看到了他的担当精神和改革信念。

上海市高级人民法院的信息化建设也走上了快车道。由邹碧华主导推动的上海法院信息化建设三年规划，综合运用了互联网、大数据、云计算等信息技术。信息化建设的快速发展，更好地助推了司法公开。在上海市高级人民法院的信息化建设工程中，有六项应用属于全国法院首创。

上海市高级人民法院院长崔亚东说："邹碧华凭借前瞻性的改革视野、丰富的实践经验成为全国司法改革的先行者,为上海乃至全国法院的司法改革做出了积极的贡献。"

邹碧华说过:"我们做法官的,一定要让自己的心中有一个梦。不管遇到什么困难、经历多少困苦,都不能把心中的理想磨灭了。当一个人的心中有了宏大的理想之后,所有遭遇的挫折都会变得微不足道。

"改革这种事情一直是一点儿一点儿往前拱的;背着黑锅前行,是改革者必须经历的修行。"

在这种执着信念的背后,是常人难以想象的付出。

邹碧华的办公室里放着一张行军床,实在太累了,他就拿出靠垫躺一会儿。有时他忙起来,就忘了时间,等忙完手头的工作,一看表,才知道到了凌晨两三点。匆忙回家休息一会儿,早晨五点,他又准时出门。

每次出差去外地,他的旅行箱里都带着厚厚一摞材料和笔记本电脑。等飞机时、飞行中及会议间隙,他都在不停地审阅材料,并提出意见。

等交通工具和乘坐交通工具时阅读,是邹碧华从大学时就开始养成的习惯，只不过那时是读书，现在是有时读书有时审阅文件。熟悉邹碧华的人都知道，他外出时必带的两件东西，一是书，二是电子阅读器。

有一次去兰州出差，会议结束时，已是下午。参会者大多选择第二天返回，热情的主办方设了晚宴，招待来自全国各地的同行。

想到上海律师诉讼服务平台即将试运行，邹碧华实在待不住了，他选择了当天晚上的飞机返回。回到上海家中，已是凌晨四点多。邹碧华躺在床上休息了不到半个小时，就起床洗漱。五点，他准时出门去单位。

这样连续没白没黑地工作，邹碧华身体透支严重。同事都说他瘦了，劝他注意身体。邹碧华笑笑，跟同事说，自己是在减肥。

以往，不管多忙多累，不管回家多晚，邹碧华只要睡上一会儿，哪怕只是两三个小时甚至更少，起了床就会精神饱满地去上班。可忙于司法体制改革的这些日子，唐海琳看到邹碧华每次回到家都是满脸的倦容。

"碧华，任何事都不是一天能干完的，司法改革是个长期工程。"唐海琳看着越来越消瘦的丈夫，心疼地说，"跟院领导说一声，去医院做个全面检查吧。"

"现在正是改革的关键时期，哪有时间住院啊！放心，没什么大事，等过些日子再说吧。"邹碧华说完，就拎上包出了门。

对员额法官的相关条款进行最后的讨论修改，跟律师协会商量服务平台运行中存在的相关问题并协调解决，准备给新任法官的讲座……邹碧华把一天的时间排得满满当当。

二〇一四年十二月十日早晨，时间早过了五点钟，邹碧华却还没起床。唐海琳知道他太累了，实在不忍心叫醒他。

唐海琳要去上班了，她来到床前，柔声说："碧华，七点多了，我要去上班了。"

邹碧华艰难地睁开眼睛，嘴里含混地对唐海琳说："七点多了？我怎么感觉像是还没睡呀！"

"要不你再睡会儿吧。"唐海琳说。

"不行。上午还有个会。"邹碧华说着，慢慢从床上爬了起来。

一旦投入到工作中，邹碧华就暂时忘记了累。

上午，邹碧华和相关领导陪同陕西省高级人民法院的同行们，前往市委政法委开会，会后又进行了座谈。来自陕西省的同行们，就司法改革中的一些问题，向上海市高级人民法院的同行请教。邹碧华对他们提出的问题，一一进行了答复。

中午，邹碧华陪同陕西省政法系统的同行们一起就餐后，又回到办公室处理了几件日常工作。

下午两点，邹碧华要陪同陕西省政法系统的领导们，到徐汇区人民法院调研。

一点半，邹碧华准时下楼。

离开办公室前，邹碧华把一份没看完的文件放在办公桌最前边，他想等调研结束后回来接着看。

但让所有人都没想到的是，邹碧华这一去，再也没能回到他的办公室，回到他一生为之付出心血的上海市高级人民法院。

狮子山的呼唤

司机李师傅驾驶着车子,平稳地朝徐汇区人民法院的方向驶去。

坐在后座上的邹碧华,突然感觉胸口一阵疼痛。他把手捂在胸口上,深吸一口气,试图缓解疼痛。

车子驶到光启公园附近时,邹碧华感觉胸口的疼痛加剧。车里的空气,也似乎变得稀薄。他对李师傅说:"靠边停一下车,我去公园门口呼吸一口新鲜空气。"

此时,距离开会不足一刻钟了,邹碧华想尽快让疼痛缓解,他不能误了开会。

刚下车走了几步,胸口剧烈的疼痛和似乎有一只看不见的大手掐住喉咙的窒息感,让他无法继续迈步。邹碧华回到了车里。

李师傅看到邹碧华脸色蜡黄,汗水不停地往下淌,一下慌了:"咱们先不去开会了,我送您去医院吧。"

"好。"邹碧华强忍住剧烈的疼痛,还不忘嘱咐李师傅先打电话给院长办公室,另派一位同事去徐汇区人民法院陪同调研。

车子朝瑞金医院疾驰而去。

上强心针、抽血、按压胸部、插管……

院领导、家人、亲友……越来越多的人朝瑞金医院拥来。

天空飘起了细雨,雨丝密密斜织着,打在脸上,又冷又硬。

邹碧华安静地躺在医院洁白的病床上,白色的墙壁,白色的天花板,一切都那么纯净、洁白。

微风透过窗户的缝隙,犹如外婆那粗糙又硬实的手指,从他的脸上抚过。外婆的手暖暖的,带着庄稼和绿草的清香。

外婆牵着他的手,去狮子山上挖野菜、摘蘑菇。

狮子山是真正的乐园。

头顶是蓝得像绸缎一样不带一丁点儿杂质的天空。大朵大朵的白云,像奔跑的小牛犊,像仰天鸣唱的大公鸡,像甜甜的棉花糖……

潦河两岸轻摇着叶片的碧树,倒影横卧在河面上,像架起了一座座桥梁。

栀子花开了,雪白的花瓣,金色的花蕊,一朵朵,一簇簇,一片片,漫山遍野,目光所及,皆是洁白。

桂花开了。

山茶花开了。

映山红开了。

……

丝丝缕缕的花香,织成薄雾一样的纱帐,把天空和大地连在了一起。

"我叫邹碧华,'邹'是'邹韬奋'的'邹','碧'是'碧绿'的'碧','华'是'中华'的'华'。就是把中华装扮得碧绿碧绿的。"

碧绿碧绿的树，一棵棵，一行行，一片片，向阳而生，健康茁壮。

绿，是生命，是成长，是希望！